신비한 동물사전

원작 시나리오

J.K. 롤링

신비한 동물사전™

원작 시나리오

강동혁 옮김

표지 및 본문 디자인

미나리마

문학수첩

FANTASTIC BEASTS AND WHERE TO FIND THEM the original screenplay

First published in print in Great Britain in 2016 by Little, Brown

워너 브라더스 픽처스 영화의 한글 자막은 박지훈이 번역했습니다.
워너 브라더스 픽처스 영화의 한글 더빙 대본은 강윤미가 번역했습니다.
원작 시나리오는 강동혁이 번역했습니다.

현실 속 생물들의 치료자이자 영웅,

고든 머리를 기리며

차례

원작 시나리오

SCENE 1

실외. 유럽 어딘가. 1926년. 밤.

크고 외딴 버려진 옛 성이 어둠 속에서 모습을 드러낸다. 카메라는 옅은 안개에 둘러싸인 성의 바깥, 자갈이 깔린 광장에 초점을 맞춘다. 으스스하고 고요하다.

오러 다섯 명이 마법 지팡이를 높이 치켜들고 서 있다. 성을 향해 머뭇거리며 다가간다. 갑자기 새하얀 빛이 터져 나와 그들을 날려 보낸다.

카메라를 빙 돌리면, 널따란 정원 입구에 널브러진 채 꼼짝도 하지 않는 오러들의 시체가 흩어져 있다. 한 사람(그린델왈드)이 카메라를 등진 채 프레임으로 들어온다. 그는 시체들을 못 본 척하

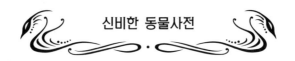

며 밤하늘을 노려본다. 카메라는 달 쪽으로 팬 업한다.

몽타주: 전 세계에서 벌어진 그린델왈드 습격과 관련된 1926년 이후의 다양한 마법 세계 신문 헤드라인을 보여 준다. **"그린델왈드, 유럽을 다시 공격하다" "호그와트 마법 학교 경비 강화" "그린델왈드는 도대체 어디에?"** 그린델왈드는 마법 공동체를 심각하게 위협하는 존재로서 지금은 어디론가 사라져 버렸다. 움직이는 사진들이 파괴된 건물과 화재, 비명 지르는 피해자들의 모습을 상세히 보여 준다. 신문 기사가 대거 쏟아진다. 전 세계적으로 그린델왈드 추적이 이어진다. 자유의 여신상을 보여 주는 마지막 신문 기사로 카메라 전진.

장면 전환:

<u>**SCENE 2**</u>

실외. 뉴욕으로 미끄러지듯 들어오는 배. 다음 날 아침.

눈부시고 화창한 뉴욕의 어느 날. 갈매기들이 머리 위로 날아 내린다.

커다란 여객선이 자유의 여신상을 지나 미끄러지듯 흘러간다. 승

객들이 난간 너머로 몸을 내민다. 가까워지는 육지를 바라보며 잔뜩 들떠 있다.

전진 화면: 카메라를 등지고 벤치에 앉아 있는 한 인물. 뉴트 스캐맨더다. 산전수전을 겪은 듯 깡말랐으나 강인해 보인다. 그는 허름한 파란색 코트를 입고 있다. 그의 옆에는 낡은 갈색 가죽 가방이 놓여 있다. 가방의 자물쇠가 탁 튕기며 저절로 열린다. 뉴트는 재빨리 몸을 숙여 자물쇠를 잠근다.

가방을 무릎에 올려놓고, 뉴트는 몸을 앞으로 기울여 속삭인다.

뉴트
두걸, 이제 진정 좀 해. 오래 걸리지 않는다니까.

SCENE 3

실외. 뉴욕. 낮.

공중 숏으로 보이는 뉴욕.

SCENE 4

실외. 배 / 실내. 세관. 잠시 후. 낮.

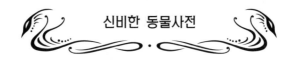

북적이는 사람들 사이로 뉴트가 배의 승강대를 따라 걸어 내려오고, 카메라는 그의 가방을 향해 전진한다.

세관원 (O.S.)
다음 분.

뉴트가 세관에 서 있다. 선착장 옆으로 길게 줄지어 놓인 책상마다 미국인 관리들이 심각한 얼굴로 서 있다. 세관원이 뉴트가 내민 아주 너덜너덜한 영국 여권을 살펴본다.

세관원
영국인이시네요?

뉴트
네.

세관원
뉴욕엔 처음입니까?

뉴트
네.

세관원

(뉴트의 가방을 손짓으로 가리키며)

가방에 음식물이 들었나요?

뉴트

(가슴팍의 주머니에 한 손을 얹으며)

아뇨.

세관원

살아 있는 동물은요?

뉴트의 가방 자물쇠가 다시 탁 튕기며 열린다. 뉴트가 내려다보고는 서둘러 자물쇠를 잠근다.

뉴트

진짜 고쳐야겠네요. 아, 동물은 없습니다.

세관원

(의심스러워하며)

한 번 좀 봅시다.

뉴트는 가방을 그들 사이의 책상에 올려놓고 놋쇠로 된 글자판을 조심스럽게 '머글용'으로 돌려놓는다.

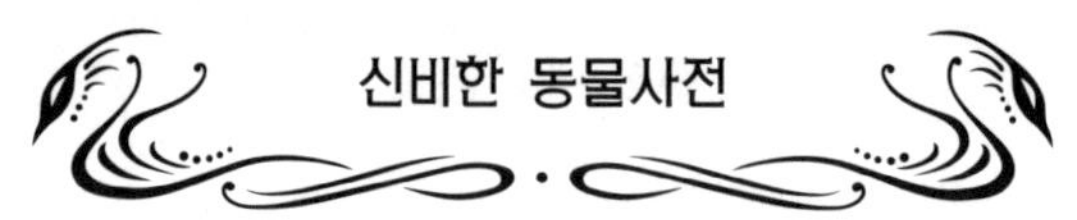

세관원이 가방을 자기 쪽으로 돌려놓고 자물쇠를 열자 가방 뚜껑이 열리더니 그 안에 든 파자마와 각종 지도, 일기장, 알람시계, 돋보기와 후플푸프 목도리가 보인다. 그제야 납득하고 세관원은 가방을 닫는다.

세관원

뉴욕에 오신 걸 환영합니다.

뉴트

감사합니다.

뉴트는 여권과 가방을 집어 든다.

세관원

다음 분!

뉴트는 세관을 통과한다.

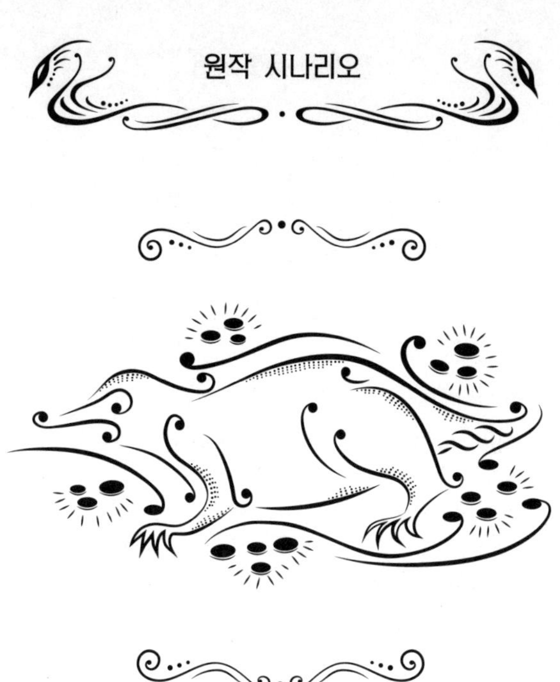

SCENE 5

실외. 시청역 근처 거리. 해 질 녘.

똑같은 브라운스톤 주택들이 길다란 거리를 따라 늘어서 있다. 그중 하나는 완전히 무너져 내려 돌무더기가 되었다. 시끌벅적한 기자 및 사진 기자 무리가 무슨 일이 일어날 거라는 막연한 기대감에 부풀어 몰려들었으나 그다지 열의를 보이지는 않는다. 어느 기자가 잔뜩 흥분한 중년 남자와 함께 무너진 돌무더기 사이를 거닐며 인터뷰하고 있다.

목격자

그건 마치… 마치 *바람* 같다고 할까, 뭐랄까… *유령* 같았어요…. 근데 새까맸어요. 제가 그 눈을 봤습니

다. 두 눈이 하얗게 빛나는데….

기자

(무표정하게, 수첩을 손에 들고)

새까만 바람에… 눈이 달려 있었다….

목격자

무슨, 시커먼 *덩어리*랄까…. 그게 저쪽으로 휙 내려 갔어요, 지하로. 진짜라니까요. …제 코앞에서 땅속으로 들어갔다고요.

카메라는 무너져 내린 건물 더미를 향해 다가오는 퍼시벌 그레이브스를 클로즈 온한다.

그레이브스: 말쑥한 옷차림에 외모가 준수하고 갓 중년에 접어들었으며 태도가 남다르다. 주의 깊고 한 치의 빈틈도 없으며 대단히 자신만만하다.

사진 기자

(낮은 소리로)

이봐, 뭐 좀 건졌어?

기자
(낮은 소리로)
검은 바람이 어쩌고저쩌고 해대는데.

사진 기자
날씨가 미쳐서 그런가 봐. 무슨 전기 작용일 수도 있고.

그레이브스가 이제는 폐허가 된 건물의 계단을 올라간다. 그는 무너진 건물을 자세히 살펴본다. 호기심에 가득 차 있으면서도 경계를 늦추지 않는 모습이다.

기자
근데 목마르지 않아?

사진 기자
이러지 마, 나 술 끊었어. 이제 안 마시겠다고 마사한테 약속했단 말야.

바람이 일기 시작하며 건물 주변에 소용돌이치더니 끽끽대는 고음이 들려온다. 관심을 보이는 건 그레이브스뿐이다.

갑자기 거리에서 폭발음이 연이어 들려온다. 어디에서 소리가 나는지 보려고 모두 몸을 돌린다. 어느 벽에 금이 가고, 바닥의 돌무더기가 지진이 일어난 것처럼 흔들리기 시작하더니 건물을 뚫고 나와 도로를 찢으며 터져 나간다. 맹렬하고 급속한 움직임. 사람들과 자동차들이 날아간다.

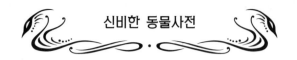

이후 그 기이한 힘은 허공으로 날아올라 도시를 휘저어 놓는다. 골목으로 급강하했다가 다시 솟아오르더니 요란한 소리를 내며 어느 지하철역 안으로 쏟아져 내린다.

카메라가 파괴된 거리를 찬찬히 살펴보는 그레이브스를 **클로즈온**한다.

땅속 깊은 곳에서부터 으르렁대고 울부짖는 소리가 뒤섞여 뿜어 나온다.

SCENE 6

실외. 뉴욕 거리. 낮.

걸어가는 뉴트를 주시한다. 그에게서는 사람들의 시선을 신경 쓰지 않는 키튼적인 분위기, 주변 사람들과는 다른 리듬을 지닌 듯한 느낌이 풍겨 나온다. 그는 약도를 그린 작은 종이를 손에 쥐고 있으나 낯선 환경을 접한 과학자로서의 호기심을 여전히 드러낸다.

SCENE 7

실외. 또 다른 거리. 시티은행의 계단. 낮.

누군가 외치는 소리에 강하게 이끌린 뉴트가 뉴 세일럼 자선 단체 집회 장소로 다가간다.

메리 루 베어본은 1920년대 판 청교도 복장을 한 미국 중서부 스타일의 수려한 여성으로 권위 있고 신실해 보인다. 그녀는 시티은행 앞 계단의 작은 단상에 올라서 있다. 한 남자가 메리 루 뒤에서 현수막을 들고 있는데, 그 현수막에는 뉴 세일럼 자선 단체의 상징이 선명히 새겨 있다. 밝은 노란색과 붉은색 불길 한가운데에서 부러진 지팡이를 위풍당당하게 움켜쥐고 있는 손 모양이다.

메리 루
(모여 있는 군중을 향해)
…우리의 위대한 도시는 인간이 발명한 보물로 반짝이고 있습니다! 영화관과 자동차, 라디오에 전등까지, 이 모든 것이 우리를 현혹시키며 우리에게 마

법을 겁니다!

뉴트가 걸음을 늦추고 메리 루를 외래종 관찰하듯 지켜본다. 이러저러한 평가를 하려는 게 아니라 그저 흥미로워서다. 근처에는 모자를 눌러쓰고 옷깃을 세운 티나 골드스틴이 서 있다. 핫도그를 먹는 그녀의 윗입술에 머스터드소스가 묻어 있다. 뉴트가 뉴 세일럼 자선 단체 집회장 앞쪽으로 나아가려다가 우연히 티나와 부딪친다.

뉴트
아…. 죄송합니다.

메리 루
하지만 빛이 있는 곳에는 그림자도 있는 법입니다, 여러분. 우리 도시에 무언가가 도사리고 있습니다. 그게 도시를 파괴하고는 흔적도 없이 사라져 버리곤 합니다….

몸에 안 맞는 정장 차림에 낡아 빠진 갈색 가죽 가방을 든 제이콥 코왈스키가 길 저편에서 초조한 모습으로 군중을 향해 다가온다.

메리 루 (O.S.)
우리는 싸워야만 합니다. 저희와, 제2의 세일럼 교회와 함께 싸워 주십시오!

제이콥이 모여 있는 군중을 헤치고 앞으로 나아가다가 티나까지 밀치고 지나간다.

제이콥

실례합니다, 아가씨. 은행에 좀 가야 해서요, 실례합니다. 조금만 좀….

뉴트의 가방에 발이 걸리는 바람에 제이콥이 잠깐 시야에서 사라진다. 뉴트가 그를 일으켜 세운다.

뉴트

정말 죄송합니다…. 제 가방이….

제이콥

괜찮아요.

제이콥은 계속 길을 뚫고 나가 메리 루를 스쳐 간 다음 은행 앞 계단을 오른다.

제이콥

실례 좀 하겠습니다!

뉴트 주위에서 소동이 벌어지자 메리 루가 주목한다.

메리 루

(주문을 걸듯, 뉴트에게)

거기, 동지여! 당신을 오늘 이 자리로 이끈 것은 무엇입니까?

뉴트는 갑자기 자기에게 관심이 쏠리자 깜짝 놀란다.

뉴트

아, 저는 그냥…. 지나가던….

메리 루

당신은 수색꾼입니까? 진실을 찾는 수색꾼입니까?

잠시 후.

뉴트

사실 수색꾼보다는 추격꾼에 가깝죠.

카메라가 은행을 드나드는 사람들을 비춘다.

말쑥하게 차려입은 한 남자가 계단에 앉아 있는 거지에게 동전을 탁 튕겨 준다.

떨어지는 그 동전을 슬로모션으로 클로즈 온한다.

메리 루 (O.S.)
제 말을 듣고 이 경고에 귀를 기울이십시오….

카메라가 뉴트 가방과 뚜껑의 좁은 틈새를 비집고 나오는 웬 작은 동물의 발을 비춘다.

카메라는 경쾌하게 딸그랑 소리를 내며 계단에 떨어지는 그 동전을 비춘다.

카메라가 가방을 비집어 열려고 안간힘을 쓰는 동물의 발을 비춘다.

메리 루
…감히 웃을 수 있다면 웃으십시오. 그러나 *우리 중에 마녀들이 있습니다!*

메리 루가 입양한 세 아이, 갓 성인이 된 크레덴스, 채스터티와 여덟 살 소녀인 모데스티가 전단지를 돌린다. 크레덴스는 초조하고 불안해 보인다.

메리 루 (O.S.)
우리는 함께 싸워야만 합니다. 우리 자녀들을 위해, 미래를 위해!
(뉴트에게)

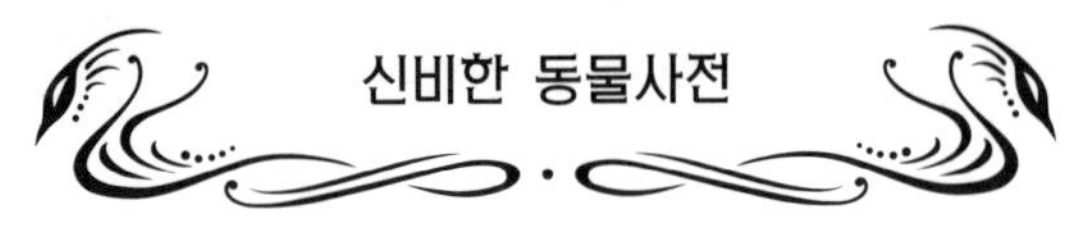

어떻게 생각하시나요, 동지?

뉴트가 고개를 들어 메리 루 쪽을 보는 순간, 곁눈으로 포착한 무언가가 그의 시선을 사로잡는다. 두더지와 오리너구리의 잡종처럼 보이는 작고 검은 털북숭이 니플러가 은행 앞 계단에 앉아서는 기둥 뒤에 몸을 숨긴 채 돈이 가득 든 거지의 모자를 잽싸게 끌어당긴다.

뉴트는 깜짝 놀라서 가방을 내려다본다.

카메라가 거지의 동전을 배에 있는 주머니에 정신없이 쑤셔 넣는 니플러를 비춘다. 고개를 든 니플러는 자신을 뚫어지게 바라보는 뉴트의 시선을 알아채고는 나머지 동전을 서둘러 챙겨 넣고 은행 안으로 허둥지둥 달아난다.

뉴트가 앞으로 확 달려 나간다.

뉴트
실례합니다.

카메라는 자신의 연설을 듣는 둥 마는 둥 하는 뉴트의 반응에 당황하는 메리 루를 비춘다.

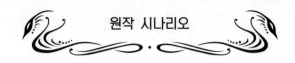

메리 루 (O.S.)
우리 중에 마녀들이 있습니다.

카메라는 의심스러운 눈초리로 뉴트를 바라보며 군중을 헤치고 나아가는 티나를 비춘다.

SCENE 8

실내. 은행 로비. 잠시 후. 낮.

은행의 아트리움은 거대하고 인상적이다. 중앙의 황금빛 창구 너머로 직원들이 분주하게 고객들을 응대하고 있다.

뉴트는 미끄러지다가 그 공간 입구에 딱 멈추어 서서는 자기 동물을 찾으려고 주변을 둘러본다. 옷차림과 행동 탓에 뉴트는 말쑥하게 차려입은 뉴욕 사람들과 동떨어져 보인다.

은행 직원
(의심스러워하며)
도와 드릴까요?

뉴트

아뇨, 전… 어… 그냥 기다리는 중이에요….

뉴트는 벤치를 향해 손짓하더니 뒷걸음질해 제이콥 옆에 앉는다.

티나가 기둥 뒤에서 뉴트를 찬찬히 살펴본다.

제이콥

(초조하게)

안녕하세요. 그쪽은 무슨 일로 왔어요?

뉴트는 필사적으로 니플러를 찾고 있다.

뉴트

그쪽과 같아요….

제이콥

빵집 차릴 대출 받으려요?

뉴트

(니플러 걱정에 정신이 팔려 두리번거리며)

네.

제이콥

이거 진짜 엄청난 우연이네요? 뭐, 적합한 사람에게 기회가 가겠죠.

뉴트는 이제 누군가의 가방에서 동전을 훔치고 있는 니플러를 발견한다.

제이콥이 손을 내밀지만, 뉴트는 이미 그 자리에 없다.

뉴트

실례합니다.

뉴트가 쏜살같이 달려간다. 벤치 위 그가 앉았던 자리에 커다란 은색 알이 놓여 있다.

제이콥

이봐요, 선생! …이봐, 아저씨!

뉴트는 니플러를 쫓는 데 온 정신이 팔려 듣지 못한다.

제이콥이 알을 집어 든 그 순간 은행 지점장 사무실 문이 열리더니 비서가 밖을 내다본다.

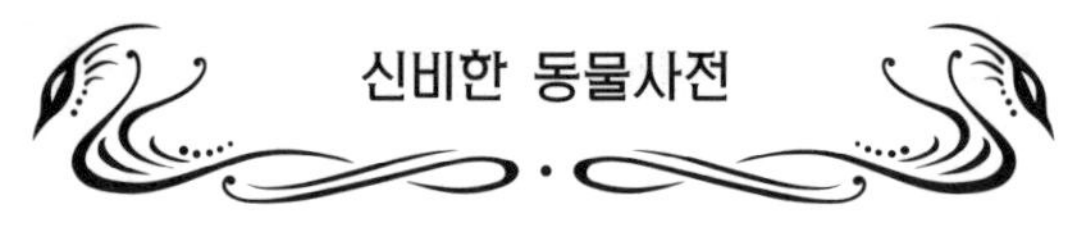

제이콥

이봐요, 형씨!

비서

코왈스키 씨, 빙리 지점장님이 지금 들어오시라고 합니다.

제이콥은 알을 주머니에 넣고 마음을 가다듬으며 사무실로 향한다.

제이콥

(낮은 소리로)

괜찮아… 괜찮다고.

카메라가 은행을 헤집고 다니는 니플러를 남몰래 뒤쫓는 뉴트를 비춘다. 그는 마침내 니플러를 찾아낸다. 니플러는 어떤 여자의 구두에서 반짝이는 죔쇠를 떼어 내더니 반짝거리는 물건을 더 모으려는 의욕에 차서 종종걸음을 친다.

뉴트가 별수 없이 지켜보는 동안 니플러는 서류 가방 사이와 핸드백 안을 유연하게 뛰어다니고 낚아채면서 좀도둑질을 한다.

SCENE 9

실내. 빙리의 사무실. 잠시 후. 낮.

제이콥은 흠 잡을 데 없이 늠름하게 차려입은 빙리를 마주하고 있다. 빙리는 제이콥의 빵집 사업 제안서를 검토하는 중이다.

불편한 침묵. 째깍거리는 시계 소리와 빙리가 중얼거리는 소리.

제이콥은 주머니를 내려다본다. 알이 흔들리기 시작했다.

빙리
지금 일하시는 데가… 통조림 공장이라고요?

제이콥
거기가 제일 낫더라고요. 1924년에야 귀국해서요.

빙리
귀국했다는 말씀은?

제이콥
유럽에서요, 지점장님. 네, 원정군 일원으로 유럽에 있다가….

제이콥은 초조한 나머지 '원정군'이라 말할 때 땅 파는 시늉을 한

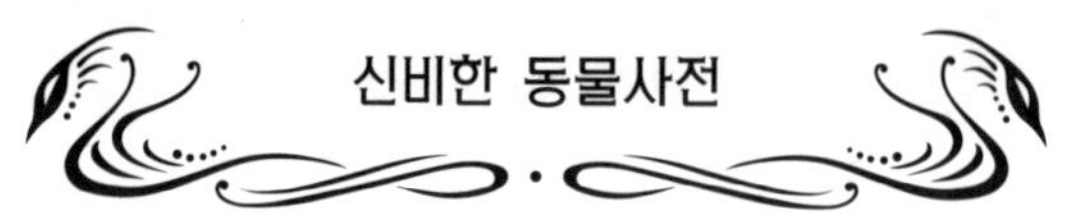

다. 이렇게 농담이라도 하면 자기 일에 도움이 될 거라는 헛된 희망에서다.

SCENE 10

실내. 은행 안쪽 공간. 잠시 후. 낮.

은행 안의 뉴트에게로 다시 컷. 니플러를 찾던 뉴트는 결국 창구 직원을 만나기 위해 대기하는 긴 줄에 서서 기다리게 되었다. 그는 목을 길게 빼고 줄 맨 앞에 서 있는 여자의 가방을 뚫어져라 바라본다. 티나가 기둥 뒤에서 그를 지켜본다.

카메라는 벤치 아래로 쏟아지는 동전들을 비춘다.

카메라가 뉴트를 비춘다. 동전 소리를 듣고 고개를 돌리자 서둘러 동전을 주워 모으는 작은 발이 그의 눈에 들어온다.

카메라가 벤치 아래 앉은 뚱뚱하고 의기양양한 니플러를 비춘다. 아직 만족스럽지 않은지 니플러는 작은 개의 목에 걸린 반짝이는 이름표에 넋을 놓는다. 니플러는 천천히, 뻔뻔스럽게 앞으로 나아간다. 니플러가 이름표를 낚아채려고 작은 발을 쭉 뻗는다. 개가 으르렁대며 짖는다.

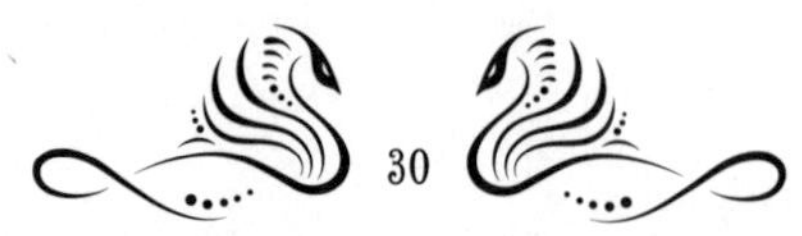

뉴트가 앞으로 나아가 벤치 아래로 몸을 날린다. 니플러는 은행 창구 칸막이 위로 황급히 달아나더니 뉴트의 손이 닿지 않는 곳으로 빠져나간다.

SCENE 11

실내. 빙리의 사무실. 잠시 후. 낮.

제이콥이 자신만만하게 가방을 연다. 안에는 그가 직접 만들어 특별히 골라온 페이스트리 종류가 보기 좋게 담겨 있다.

제이콥 (O.S.)
자, 보세요.

빙리
코왈스키 씨….

제이콥
…파치키는 꼭 맛보셔야 합니다, 아셨죠? 저희 할머니의 비법으로 만들었거든요, 오렌지 껍질로다가… 아주 그냥….

제이콥이 파치키 하나를 꺼내 든다. 빙리는 눈 하나 깜짝하지 않는다.

빙리

코왈스키 씨, 은행 담보로는 뭘 설정하실 겁니까?

제이콥

담보요?

빙리

네, 담보요.

제이콥은 기대에 찬 몸짓으로 페이스트리를 가리킨다.

빙리

요즘은 이런 도넛쯤이야 기계로 한 시간에 몇 백 개씩 만들어 낼 수 있습니다.

제이콥

압니다, 저도 알아요. 하지만 제가 만든 거랑은 전혀 다르….

빙리

은행으로서는 손해를 볼 수 없습니다, 코왈스키 씨.

안녕히 가십시오.

빙리는 오만하게 책상 위의 종을 울린다.

SCENE 12

실내. 은행 창구 뒤쪽. 잠시 후. 낮.

니플러는 돈 자루가 잔뜩 올려진 카트에 앉아서 자기 주머니 안에 탐욕스럽게 돈 자루를 털어 넣는다. 뉴트가 아연실색하며 보안용 창살 너머로 지켜본다. 경비원이 복도를 따라 카트를 밀고 가 버린다.

SCENE 13

실내. 은행, 홀. 잠시 후. 낮.

제이콥이 풀 죽은 모습으로 빙리의 사무실을 나선다. 그의 불룩한 주머니가 떨린다. 그는 불안한 마음에 알을 꺼내 들고 주변을 둘러본다.

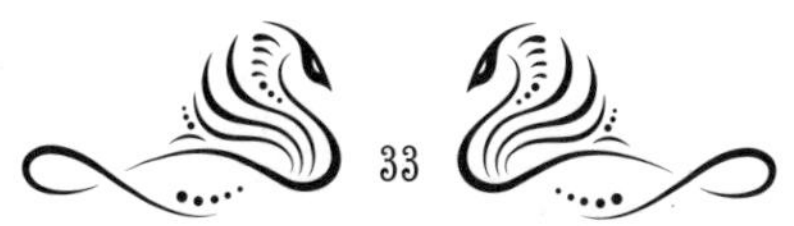

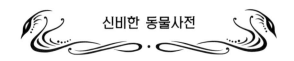

카메라가 니플러를 비춘다. 니플러는 아직도 카트에 앉아 있다. 카트는 이제 엘리베이터 안으로 밀려 들어가는 중이다.

카메라가 제이콥을 비춘다. 제이콥은 멀찍이 떨어져 있는 뉴트를 본다.

제이콥
이봐요, 영국 친구! 당신 알이 부화하려는 거 같소.

뉴트는 닫혀 가는 엘리베이터 문과 제이콥을 다급하게 번갈아 바라보다가 이내 결정을 내린다. 그는 지팡이를 제이콥에게 겨눈다. 제이콥과 알이 마법의 힘으로 은행 아트리움을 가로질러 뉴트 쪽으로 끌려온다. 눈 깜짝할 사이, 그들은 순간이동으로 사라진다.

티나가 기둥 뒤에서 믿을 수 없다는 듯 빤히 바라본다.

SCENE 14

실내. 은행 안쪽 공간 / 계단. 낮.

뉴트와 제이콥은 은행 금고로 내려가는 좁은 계단으로 순간이동

한다. 삽시간에 은행 직원들과 경비원들을 지나쳐 온다.

뉴트는 제이콥에게서 부화하려는 알을 조심스럽게 받아 든다. 작고 푸른 뱀처럼 생긴 새 오캐미가 알을 깨고 나온다. 뉴트는 놀라움이 가득한 얼굴로 마치 같은 반응을 기대하는 듯 제이콥을 바라본다.

뉴트는 천천히 아기 새를 계단 아래로 데리고 간다.

제이콥

저기요….

당황한 제이콥은 은행 중앙 아트리움으로 난 계단 쪽을 올려다본다. 빙리가 다가오는 모습을 본 그는 계단 아래로 눈에 띄지 않게 몸을 숙인다.

제이콥

(혼잣말로)

난, 저기 있었는데. 내가 저기 있었…나?

SCENE 15

실내. 금고로 이어지는 은행 지하의 복도. 낮.

제이콥의 시점: 뉴트가 쭈그리고 앉아 가방을 연다. 그는 부화한 오캐미를 조심스럽게 가방 안에 집어넣으며 다정하게 속삭인다.

뉴트
자, 들어가….

제이콥 (O.S.)
이봐요?

뉴트
안 돼. 다들 진정해…. 가만있어. 두걸, 자꾸 그러면 내가 들어간다….

제이콥은 뉴트를 골똘히 응시하며 복도를 따라 걷는다.

대벌레 같기도 하고 나뭇가지 같기도 한 기이한 녹색 생명체가 호기심이 동했는지 뉴트 가슴팍의 주머니에서 머리를 빼꼼 내미는 게 보인다. 이 생물은 보우트러클이라는 종으로, 이름은 피켓이다.

뉴트

자꾸 그러면 들어갈 거야.

뉴트는 눈을 들어 니플러가 잠긴 문 사이로 몸을 비집어 넣으며 중앙 금고 안으로 들어가는 모습을 본다.

뉴트

어림없지!

뉴트가 지팡이를 꺼내 금고를 겨눈다.

뉴트

알로호모라.

금고 문에 달린 자물쇠와 톱니식 잠금장치가 돌아가는 모습이 보인다.

금고 문이 막 열리기 시작할 때 빙리가 모퉁이를 돌아온다.

빙리

(제이콥에게)

아, 차라리 은행을 **터시겠다**, 이건가?

빙리가 벽에 달린 버튼을 누른다. 경보음이 울린다. 뉴트가 지팡

이를 겨눈다….

뉴트
페트리피쿠스 토탈루스.

빙리의 몸이 갑자기 뻣뻣해지더니 그대로 나자빠져 바닥에 나가 떨어진다. 제이콥은 자기 눈을 의심한다.

제이콥
지점장님!

금고 문이 활짝 열린다.

빙리
(마비된 채로)
…코왈스키!

뉴트는 서둘러 금고로 들어간다. 안에 들어가 보니 니플러가 문이 열린 수백 개의 대여금고 사이에서 엄청난 지폐 다발을 깔고 앉아 있다. 니플러는 이미 넘쳐흐르는 주머니에 억지로 금괴 하나를 더 쑤셔 넣으며 반항하듯 뉴트를 빤히 쳐다본다.

뉴트
진짜 이러기야?!

뉴트가 니플러를 부여잡고 거꾸로 뒤집은 뒤 양손으로 뒷다리를 잡고 흔든다. 어마어마한 귀중품들이 끝없이 쏟아진다.

뉴트
(니플러에게)
안 돼….

제이콥은 믿을 수 없어 주변을 둘러본다. 두려워서 속이 울렁거린다.

실랑이를 벌이긴 했지만 뉴트는 니플러를 좋아한다. 그가 니플러의 배를 간질이며 씩 웃자 보물이 더 쏟아져 나온다.

계단에서 발소리가 들리더니 무장 경비원 몇 사람이 달려 내려와 금고로 이어지는 복도에 들어선다.

제이콥
(겁에 질려 어쩔 줄 몰라 하며)
아니, 안 돼… 안 돼…. 쏘지 마세요. 쏘지 말라고!

뉴트는 재빨리 제이콥을 붙잡는다. 두 사람은 니플러와 가방과 함께 순간이동으로 사라진다.

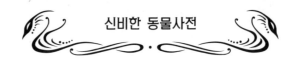

SCENE 16

실외. 은행 옆의 인적 드문 골목. 낮.

뉴트와 제이콥이 은행 옆 골목으로 순간이동한다. 은행에서 경보음이 울려 퍼지는 가운데 길 저편에서는 사람들이 몰려들고 경찰이 속속 도착하는 모습이 보인다.

티나가 은행에서 달려 나와 아래쪽을 내려다본다. 그녀는 뉴트가 니플러를 가방 안에 도로 집어넣으려고 허우적거리는 광경과, 제이콥이 공포에 질려 벽에 기대 서 있는 모습을 본다.

제이콥
으아아!

뉴트
이 좀도둑 녀석, 마지막 경고야. 네 물건 아니면 손 대지 마!

뉴트는 가방을 닫은 뒤 고개를 돌려 제이콥을 바라본다.

뉴트

정말 죄송합니다. 방금 전 일 전부요!

제이콥

젠장, 그게 *다* 뭡니까?

뉴트

신경 쓰지 마세요. 유감스럽게도 너무 많은 걸 보셨는데, 그러니까 괜찮으시다면… 잠깐 그렇게 서 계시면…. 금세 끝날 거예요.

뉴트는 지팡이를 찾으려고 제이콥을 등지고 선다. 제이콥은 이때를 틈타 자기 가방을 찾아 쥐고는 뉴트를 향해 세차게 휘두른다. 뉴트는 가방에 얻어맞아 땅바닥에 쓰러진다.

제이콥

미안합니다.

제이콥은 필사적으로 달아난다.

뉴트는 잠시 머리를 붙잡은 채 골목을 따라 헐레벌떡 도망쳐 군중 속에 섞여 드는 제이콥을 눈으로 쫓는다.

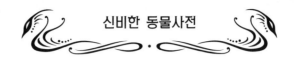

뉴트

제기랄!

티나가 결연하게 골목을 걸어온다. 뉴트는 정신을 가다듬으며 가방을 집어 든 다음, 애써 태연한 척 티나를 향해 걸어간다. 그녀 곁을 지나가려는 순간 티나가 뉴트의 팔꿈치를 잡자 두 사람은 순간이동으로 사라진다.

SCENE 17

실외. 은행 맞은편의 좁은 골목. 낮.

뉴트와 티나는 벽돌로 막힌 비좁은 골목으로 순간이동한다. 배경에서 여전히 경찰 사이렌 소리가 들린다.

티나가 미덥지 않은 듯 가쁜 숨을 쉬며 뉴트에게 벌컥 화를 낸다.

티나

당신 누구예요?

뉴트

네?

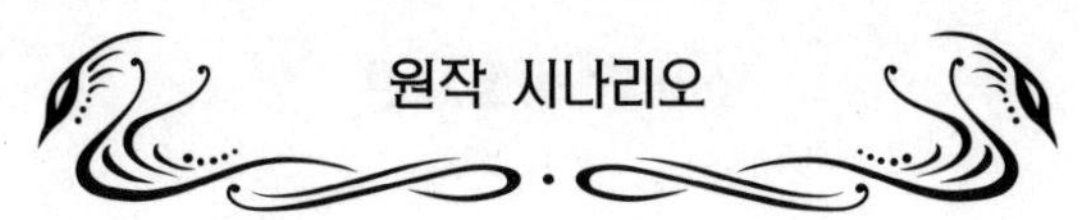

티나

당신 누구냐니까?

뉴트

뉴트 스캐맨더요. 그러는 그쪽은?

티나

당신 가방에 든 *그건* 도대체 뭐죠?

뉴트

니플러예요.
(티나 입술에 여전히 묻은 머스터드소스를 가리키며)
어, 거기 뭐가 좀 묻었….

티나

딜리버런스 데인의 이름을 걸고, 그걸 왜 풀어 준 거죠?

뉴트

일부러 그런 게 아니에요. 이 녀석이 워낙 구제 불능이라서요. 뭐랄까, 반짝이는 것만 보면 사방을 헤집으면서….

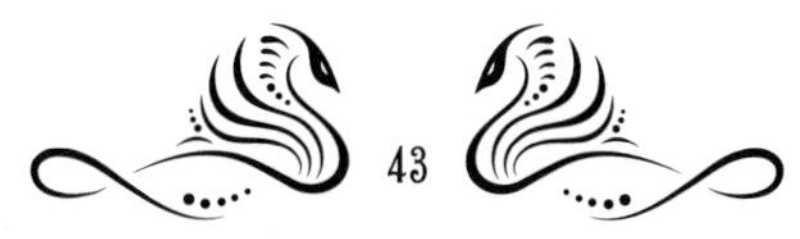

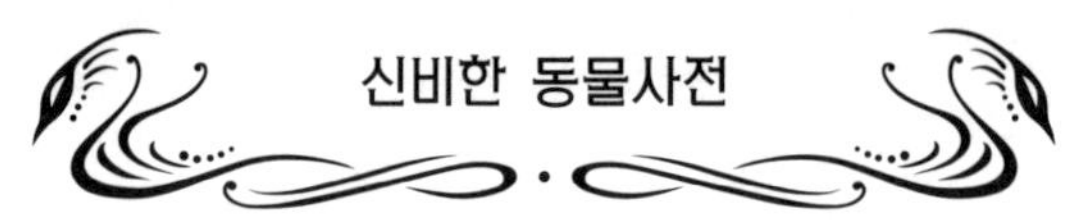

티나

일부러 그런 게 아니라고요?

뉴트

그럼요.

티나

하필 최악의 시기에 그런 동물을 풀어놓다니! 여긴 비상이라고요! 저랑 같이 좀 가 주셔야겠습니다.

뉴트

같이 가다니, 어딜요?

티나는 공무원 신분증을 제시한다. 신분증에는 티나의 움직이는 사진과 미국을 상징하는 위풍당당한 독수리가 새겨 있다. 미합중국 마법 의회(MACUSA, Magical Congress of the United States of America)다.

티나

미합중국 마법 의회요.

뉴트

(긴장하며)

그러니까, MACUSA에서 일한다 이거죠? 무슨 수사

관이라도 되나요?

티나
(망설이다가)
네, 뭐.

티나는 신분증을 다시 코트에 집어넣는다.

티나
말해 봐요. 그 노마지는 제대로 처리한 거죠?

뉴트
노, 뭐요?

티나
(짜증 내기 시작하며)
노마지요! 노 매직…. 마법사가 아닌 사람이요!

뉴트
아, 죄송합니다. 영국에서는 머글이라고 불러서요.

티나
(몹시 걱정스러워하며)
그 사람 기억 지운 거 맞죠? 가방 들고 간 그 노마

지 말이에요.

뉴트
음….

티나
(경악하며)
3A항 위반입니다, 스캐맨더 씨. 같이 가시죠.

티나가 뉴트의 팔을 잡고 둘은 다시 순간이동으로 사라진다.

SCENE 18

실외. 브로드웨이. 낮.

붐비는 길모퉁이에 화려한 조각이 새겨진 어마어마한 높이의 고층 건물이 서 있다. 울워스 빌딩이다.

뉴트와 티나가 이 건물을 향해 브로드웨이를 따라 걷는다. 티나는 뉴트의 코트 소매를 붙잡고 거의 그를 질질 끌다시피 한다.

티나
서둘러요.

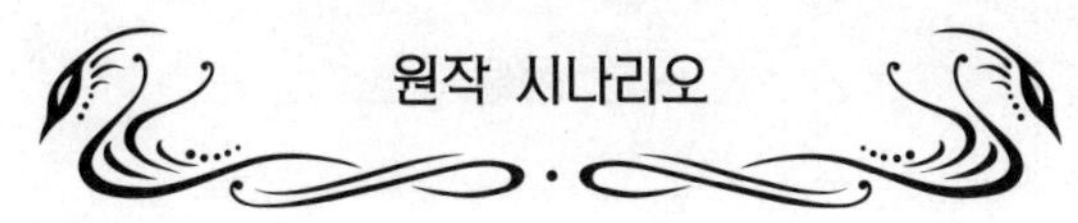

뉴트

어… 죄송하지만, 실은 저도 볼일이 있거든요.

티나

그래요? 약속 다시 잡아야겠네요!

티나는 뉴트를 억지로 이끌고 혼잡한 도로를 지난다.

티나

그런데 뉴욕에는 무슨 일이시죠?

뉴트

생일 선물 사러 왔어요.

티나

런던에서 살 수는 없었나요?

두 사람은 울워스 빌딩 앞에 도착해 있다. 직원들이 커다란 회전문을 드나든다.

뉴트

그건 아니지만, 애팔루사 퍼프스캔을 키우는 사람은 전 세계에 한 명뿐인데 그분이 뉴욕에 사시거든요. 그래서….

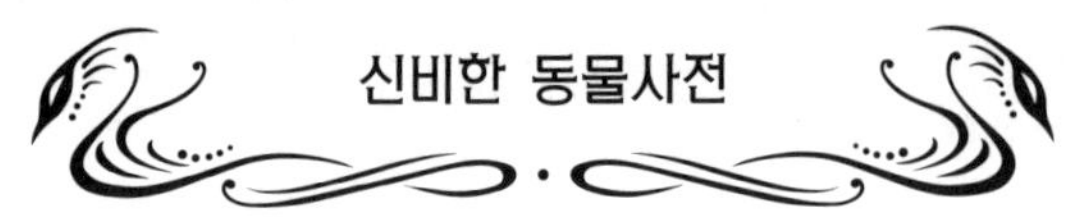

티나는 뉴트를 옆문으로 이끈다. 망토 달린 제복을 걸친 남자가 그 문을 지키고 있다.

티나
(경비에게)
3A항 위반 사건입니다.

경비가 즉시 문을 연다.

SCENE 19

실내. 울워스 빌딩의 접수처. 낮.

1920년대 평범한 사옥의 아트리움. 사람들이 주변을 서성이며 수다를 떨고 있다.

티나 (O.S.)
이봐요. 그건 그렇고, 당신이 말한 그자는 우리가 일 년 전에 영업 정지시켰어요. 뉴욕에서는 마법 생물 사육을 금지한다고요.

카메라가 한 바퀴 팬하면, 뉴트를 데리고 문으로 들어오는 티나

가 보인다. 그들이 들어서자 마법처럼 건물 입구가 통째로 울워스 빌딩에서 미합중국 마법 의회(MACUSA)로 바뀐다.

SCENE 20

실내. MACUSA 로비. 낮.

뉴트의 시점으로, 두 사람은 널따란 계단을 올라 중앙 로비에 들어선다. 둥근 천장이 있을 수 없을 만한 높이로 솟아 있는 광대하고도 인상적인 공간이다.

저 높은 곳에 '**마법 노출 경계 수준**'이라는 글자가 새겨진 문자판과 여러 개의 톱니가 달린 거대한 장치에 손 모양의 바늘이 '**심각: 원인 불명 활동 포착**'을 가리킨다. 그 뒤에 걸린 위엄 있어 보이는 마녀 초상화가 눈길을 끈다. MACUSA의 대통령 세라피나 피쿼리다.

부엉이들이 원을 그리며 날아다니는 가운데 1920년대 복장을 한 마녀와 마법사 들이 일에 열중하고 있다. 티나는 깊은 인상을 받은 듯한 표정의 뉴트를 데리고 인파를 헤쳐 나간다. 두 사람은 마법사 몇 명을 지나쳐 간다. 그들은 복잡한 깃털 장치를 작동시키는 집요정에게서 지팡이에 윤을 내고자 기다리는 중이다.

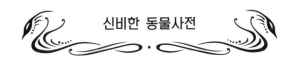

뉴트와 티나는 엘리베이터 앞에 도착한다. 문이 열리자 고블린 벨보이인 레드가 보인다.

레드
안녕, 골드스틴.

티나
안녕, 레드.

티나는 뉴트를 안으로 밀어 넣는다.

SCENE 21

실내. 엘리베이터. 낮.

티나
(레드에게)
주요 수사 본부요.

레드
넌 전에….

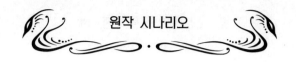

티나

주요 수사 본부요! 3A항 건이에요!

레드는 끝에 발톱이 달린 기다란 막대로 머리 위쪽의 버튼을 누른다. 엘리베이터가 내려간다.

SCENE 22

실내. 주요 수사 본부. 낮.

신문이 클로즈 온된다. 《뉴욕 고스트》다. **"마법 소동으로 마법 세계 노출 위험 증가"**라는 헤드라인이 보인다.

주요 수사 본부 소속 최고위급 오러들이 한데 모여 심각하게 의논하고 있다. 그중에는 그레이브스도 있다. 신문을 살펴보는 그는 전날 밤 기이한 존재와의 대면으로 얼굴에 상처가 나고 멍이 들었다. 피퀴리 대통령도 보인다.

피퀴리 대통령

국제 연맹에서 대표단을 파견하겠다고 경고했어요. 연맹은 이번 일이 그린델왈드의 유럽 공격 사건과 연관돼 있다고 생각합니다.

그레이브스

제가 현장에 있었잖습니까. 이건 짐승이 한 짓입니다. 인간은 이런 짓을 할 수 없습니다, 대통령님.

피쿼리 대통령 (O.S.)

정체가 무엇이든 한 가지는 분명합니다. 반드시 막아야만 합니다. 노마지들이 공포에 떨고 있어요. 그리고 노마지들은 겁을 먹으면 공격을 하죠. 우리 사회가 노출될 수 있다는 뜻이에요. 전쟁이 일어날 수도 있다는 얘깁니다.

발소리를 듣고 무리가 일제히 돌아본다. 뉴트를 이끌고 조심스럽게 다가오는 티나가 보인다.

피쿼리 대통령

(화가 나지만 침착하게)

자네 자리는 내가 분명하게 일러 준 걸로 아는데, 골드스틴.

티나

(겁에 질려)

네, 대통령님. 하지만 전….

피쿼리 대통령

자네는 더 이상 오리가 아니야.

티나

네, 대통령님. 하지만….

피쿼리 대통령

골드스틴.

티나

작은 사건이 있었….

피쿼리 대통령

그래? 지금 이 집무실에선 대단히 큰 사건을 의논하는 중이네. 나가.

티나

(모욕감을 느끼며)

네, 대통령님.

티나는 어리둥절한 표정의 뉴트를 다시 엘리베이터 쪽으로 밀친다. 그 모습을 지켜보는 그레이브스만이 유일하게 그들을 동정하는 듯하다.

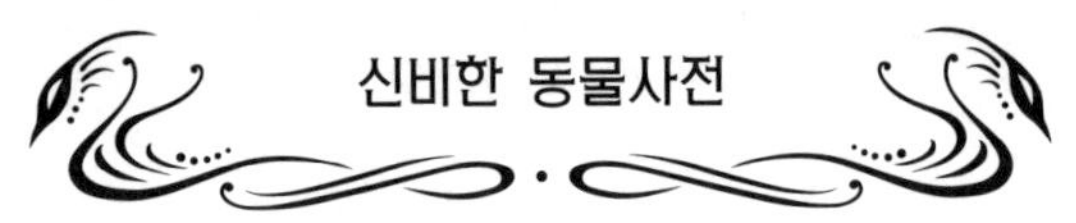

SCENE 23

실내. 지하. 낮.

엘리베이터가 기다란 수직 통로를 빠르게 내려간다.

문이 열리자 갑갑하고 통풍이 되지 않는, 창 없는 지하실이 나온다. 가슴 아프리만큼 위층과 대조되는 공간이다. 누가 봐도 아무 가망 없는 인간들이 일하는 곳이 분명하다.

티나는 뉴트를 이끌고 딸깍거리는 무인 타자기 백 대를 지나쳐 간다. 그들 위 천장에는 이리저리 뒤엉킨 유리관이 늘어뜨려져 있다.

타자기가 작성한 각각의 메모나 문서는 쥐 모양으로 스스로 접혀 위층 사무실들로 통하는 적절한 유리관을 따라 서둘러 올라간다. 쥐 두 마리가 서로 부딪치며 싸우다가 서로를 갈기갈기 찢는다.

티나는 방 한구석의 어두컴컴한 곳으로 걸어간다. **'지팡이 사용 허가부'**라는 표지판이 걸려 있다.

뉴트는 그 밑에서 머리를 숙인다.

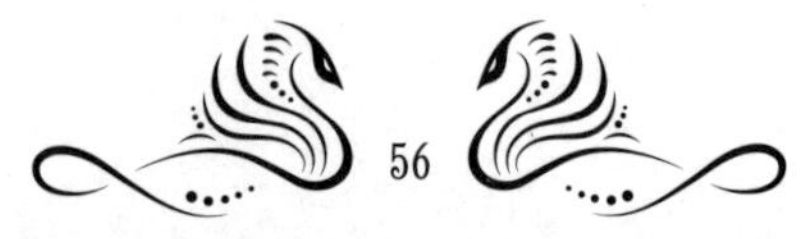

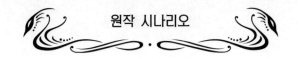

SCENE 24

실내. 지팡이 사용 허가부. 낮.

지팡이 사용 허가부의 사무실은 벽장보다 아주 조금 큰 정도다. 아직 열어 보지도 않은 지팡이 사용 신청서가 수북이 쌓여 있다.

티나가 한 책상 뒤에 멈춰 서더니 코트와 모자를 벗는다. 뉴트 앞에서 구겨진 체면을 회복하려고 티나는 분주하게 서류를 뒤적이며 사무적 태도를 취하려 한다.

티나
자, 지팡이 사용 허가는 받았습니까? 뉴욕에 들어오는 모든 외국인은 반드시 허가를 받아야 합니다.

뉴트
(거짓말로)
몇 주 전에 우편으로 신청했어요.

티나
(책상 위에 걸터앉아 클립보드에 뭔가를 끄적거리며)
스캐맨더라….

(뉴트에게서 대단히 수상쩍은 구석을 발견하고)
얼마 전까지 적도 기니에 있었다고요?

뉴트
일 년에 걸친 현장 조사를 막 마쳤습니다. 마법 생명체에 대한 책을 쓰고 있거든요.

티나
무슨… 퇴치법 안내서 같은 건가요?

뉴트
아뇨. 이런 동물들을 죽이지 않고 보호해야 할 이유를 사람들이 이해할 수 있도록 돕는 안내서예요.

애버내시 (O.S.)
골드스틴! 어디 있는 거야? 어디 있냐고? **골드스틴**!

티나가 책상 밑으로 몸을 숙이는 모습에 뉴트는 재미있어 한다.

자기만 잘난 듯 앞뒤가 꽉 막힌 애버내시가 들어온다. 애버내시는 티나가 어디에 숨었는지 곧장 알아차린다.

애버내시
골드스틴!

티나는 죄인이라도 된 듯한 얼굴로 천천히 책상 밑에서 나온다.

애버내시
방금 또다시 수사팀 일에 불쑥 끼어들었다는 게 사실인가?

티나가 막 변명하려는데, 애버내시가 계속 말을 잇는다.

애버내시
어디 있었나?

티나
(곤란한 듯)
무슨 말씀이신지….

애버내시
(뉴트에게)
이 사람이 당신을 어디서 데려온 겁니까?

뉴트
저를요?

뉴트가 재빨리 티나를 본다. 티나는 고개를 젓고 있다. 절박한 표정이다. 뉴트는 대답을 피하며 시간을 끈다. 그가 티나와 맺은

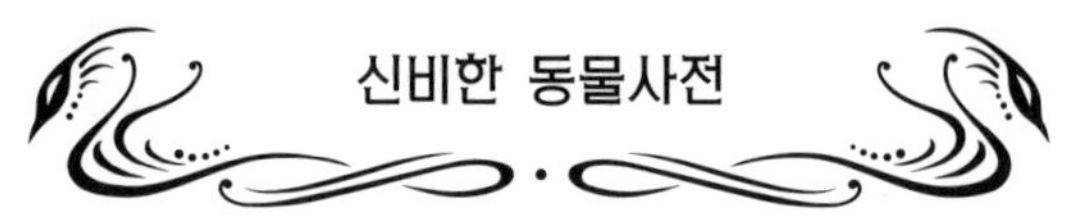

무언의 약속이다.

애버내시

(영문을 몰라 동요하며)

이번에도 그 제2의 세일럼 교회를 뒤쫓고 있었나?

티나

절대 아닙니다.

그레이브스가 모퉁이를 돌아 들어온다. 애버내시는 즉시 주눅 든다.

애버내시

안녕하십니까, 그레이브스 국장님!

그레이브스

안녕한가, 이름이…, 그래, 애버내시.

티나는 그레이브스에게 정식으로 말하려고 앞으로 한 발 나선다.

티나

(자기 이야기를 들려주고자 빠르게 말한다)

그레이브스 국장님, 이쪽은 스캐맨더 씨입니다. 저 가방 안에 말도 안 되는 생물이 들어 있었는데, 그게

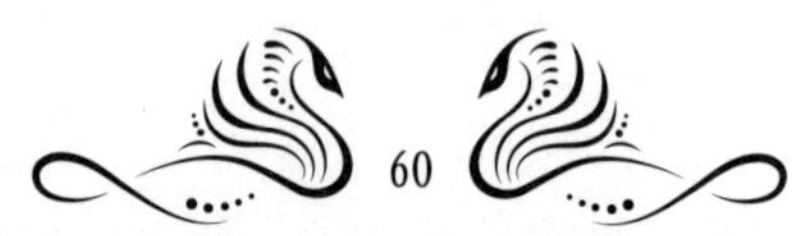

탈출해 은행을 아수라장으로 만들었습니다.

그레이브스

고 녀석 좀 보세나.

티나는 안도의 숨을 내쉰다. 마침내 누군가가 자기 말에 귀 기울여 주고 있다. 뉴트가 무언가 말하려 하지만—니플러 때문이라고 하기에는 지나치게 전전긍긍하는 모습이다—그레이브스는 뉴트를 무시해 버린다.

티나는 연기라도 하듯 과장된 몸짓으로 가방을 탁자에 올려놓더니 뚜껑을 홱 연다. 그녀는 내용물을 보고 경악한다.

카메라가 가방 안 내용물을 비춘다. 그 안은 페이스트리로 가득하다. 뉴트가 긴장한 채 가까이 다가간다. 내용물을 본 그는 공포에 질린다. 그레이브스는 어처구니없다는 표정을 지으면서도 살짝 능글맞은 웃음을 지어 보인다. 티나가 저지른 또 한 번의 실수.

그레이브스

티나….

그레이브스가 자리를 뜬다. 뉴트와 티나는 서로를 뚫어져라 바라본다.

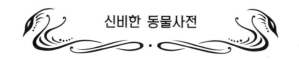

SCENE 25

실외. 로어이스트사이드 거리. 낮.

제이콥이 손에 가방을 들고 우중충한 거리를 걷는다. 밀차와 작고 허름한 가게, 빈민들이 거주하는 공동 주택을 지난다. 제이콥은 계속 뒤를 돌아보며 어깨 너머로 불안한 시선을 던진다.

SCENE 26

실내. 제이콥의 방. 낮.

작고 더러운 방. 몇 안 되는 가구나마 낡았다.

카메라는 제이콥이 침대 위에 툭 내려놓은 가방을 클로즈 온한다. 제이콥은 벽에 걸린 할머니의 사진을 올려다본다.

제이콥
할머니, 죄송해요.

제이콥은 책상에 앉아 고개를 떨구고 두 손에 얼굴을 묻는다. 기운이 없고 피곤하다. 제이콥 뒤쪽에서 가방의 자물쇠 하나가 탁 하며 풀린다. 제이콥이 돌아본다….

그가 침대에 앉아 가방을 자세히 살펴본다. 또다시 가방의 자물쇠 하나가 저절로 탁 풀린다. 그러자 가방이 흔들리기 시작하더니 사나운 동물 소리가 뿜어져 나온다. 제이콥은 천천히 뒷걸음질 친다.

그는 머뭇거리며 몸을 앞으로 기울인다…. 갑자기 가방 뚜껑이 휙 열리며 머트랩이 튀어나온다. 쥐처럼 생긴 동물로 등에 말미잘 같은 게 돋아나 있다. 제이콥은 버둥거리는 머트랩을 두 손으로 부여잡고 씨름한다.

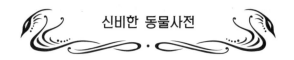

카메라가 갑자기 가방 쪽으로 돌아간다. 가방이 또 한 번 휙 열리더니 그 안에서 눈에 보이지 않는 무언가가 불쑥 뛰쳐나와 천장에 부딪친 다음 창문을 박살 내고 밖으로 나간다.

머트랩이 달려들어 제이콥의 목을 물자 제이콥은 가구를 부수며 바닥에 나동그라진다.

방이 거세게 흔들리며 제이콥의 할머니 사진이 걸린 벽이 갈라지기 시작하더니 곧 폭발하듯 무너져 내린다. 화면에 보이지 않지만 더 많은 동물들이 탈출한다.

SCENE 27

실내. 제2의 세일럼 교회, 중앙 홀. 낮. 몽타주.

우중충한 목조 교회. 창들은 어두컴컴하고 위로는 메자닌 발코니가 있다. 모데스티가 분필로 그린 격자무늬 안팎을 깡충거리며 홀로 사방치기 놀이를 하고 있다.

모데스티

우리 엄마, 너희 엄마

마녀를 잡을 거야

우리 엄마, 너희 엄마
빗자루를 타고 날아
우리 엄마, 너희 엄마
마녀는 절대 울지 않아
우리 엄마, 너희 엄마
마녀는 죽을 거야!

모데스티가 노래하는 동안 카메라는 단체에서 쓰는 물품으로 가득 찬 교회 안을 잡는다. 메리 루의 캠페인을 선전하는 전단지와 확대판으로 만든 이 단체의 마법 반대 현수막 등이 있다.

SCENE 28

실내. 제2의 세일럼 교회, 중앙 홀. 낮.

비둘기 한 마리가 높다란 곳에 달린 창문에서 구구거린다. 크레덴스가 앞으로 나아가 비둘기가 있는 쪽을 뚫어져라 올려다보더니 무감정한 몸짓으로 손뼉을 친다. 비둘기는 멀리 날아가 버린다.

카메라는 채스터티가 교회를 가로질러 가서 거리로 난 커다란 쌍여닫이 문을 여는 모습을 쫓는다.

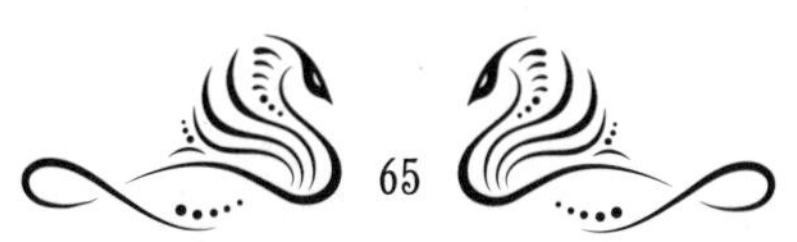

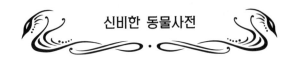

SCENE 29

실외. 제2의 세일럼 교회, 뒤뜰. 낮.

채스터티가 교회에서 나와 저녁 식사 시간을 알리는 커다란 종을 울린다.

SCENE 30

실내. 제2의 세일럼 교회, 중앙 홀. 낮.

모데스티는 계속 사방치기 놀이 중이다. 크레덴스가 잠시 멈춰 서더니 모데스티를 지나 문 쪽을 바라본다.

모데스티

3번 마녀는 불에 타 죽고
4번 마녀는 매 맞아 죽어.

어린아이들이 교회로 밀려 들어온다.

시간 경과:

갈색 수프가 국자에 듬뿍 담겨 아이들에게 배급되고 있다. 아이들은 줄 맨 앞으로 가까이 가려고 서로를 밀쳐 댄다. 메리 루는 앞치마를 두른 채 그 모습을 만족스러운 듯 바라보다가 모여 있는 아이들 사이를 비집고 들어온다.

메리 루
음식 받기 전에 전단지부터 챙기거라, 얘들아.

아이들 몇이 채스터티에게로 돌아선다. 새침한 얼굴로 기다리던 채스터티가 캠페인 전단지를 나눠 준다.

시간 경과:

메리 루와 크레덴스가 수프를 떠서 나눠 준다. 크레덴스는 아이들 한 명 한 명의 얼굴을 골똘히 들여다본다.

얼굴에 모반이 있는 남자아이가 줄 맨 앞에 이른다. 크레덴스는 일손을 멈추고 그 아이를 뚫어져라 바라본다. 메리 루가 손을 뻗어 남자아이의 얼굴을 만진다.

남자아이
마녀의 표식인가요, 선생님?

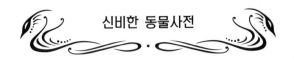

메리 루
아냐. 앤 괜찮아.

남자아이가 수프를 받아서 자리를 뜬다. 크레덴스는 아이의 뒷모습을 응시하며 계속해서 수프를 나눠 준다.

SCENE 31

실외. 로어이스트사이드의 중심가. 오후.

카메라가 거리 위로 높이 날아다니는 빌리위그—머리에 헬리콥터 같은 날개가 달린 작고 푸른 동물—를 클로즈 온한다.

티나와 뉴트가 거리를 걷는다. 티나는 가방을 들고 있다.

티나
(금방이라도 눈물을 쏟을 듯)
그 사람한테 망각 주문을 걸지 않았다니 *믿을 수가* 없군요! 감사라도 나오면 난 끝장이라고요!

뉴트
근데 왜 그쪽이 끝장나요? 문제를 일으킨 건 난데….

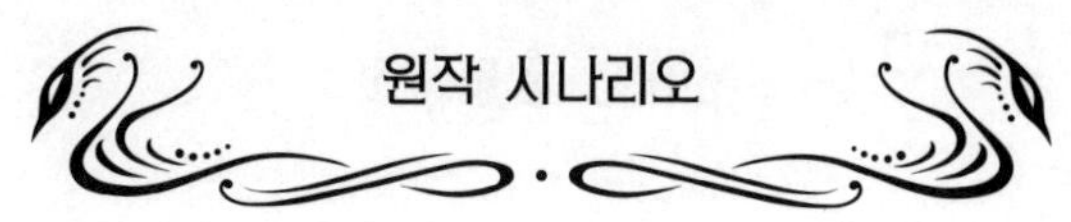

티나
나는 제2의 세일럼 교회 사람들 근처에 가면 안 된다고요!

빌리위그가 두 사람의 머리 위를 붕 날아간다. 뉴트가 몸을 홱 돌려 겁에 질린 표정으로 빌리위그를 주시한다.

티나
방금 뭐였어요?

뉴트
어…. 나방이겠죠, 아마. 큰 나방이요.

티나는 이 설명을 미심쩍어한다. 두 사람이 모퉁이를 돌자 부서진 건물 앞에 사람들이 모여 있다. 몇몇 사람들은 소리를 지르고 또 다른 사람들은 서둘러 건물에서 대피하고 있다. 경찰관이 사람들 한가운데에 서서 불만 가득한 공동 주택 거주자들에게 시달리고 있다.

점프 컷:

뉴트와 티나는 모여 있는 사람들의 바깥쪽을 돌고 있다. 뒤쪽에서는 약간 술에 취한 떠돌이 노동자가 경찰의 관심을 끌려고 안달을 내고 있다.

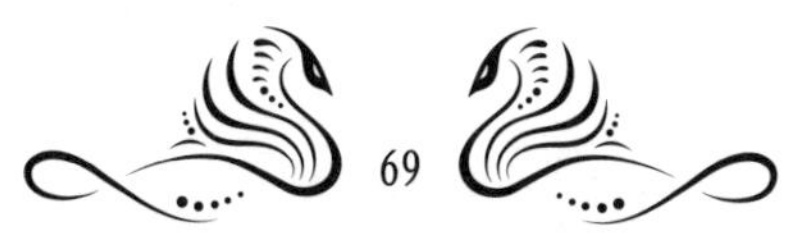

경찰관

자… 자! 조용히 좀 하세요. 지금 진술을 들으려고 하잖아요….

주부

…분명히 얘기하는데 이번에도 가스 폭발이에요. 안전해지기 전까지는 절대로 애들 데리고 안 돌아가요!

경찰관

죄송합니다만, 부인. 가스 냄새는 안 납니다.

떠돌이 노동자

(술에 취해)

그건 가스가 아니었다고. 이봐요, 경찰 나리, 내가 봤다니까! 그건 뭐래야 되나, 진짜 어마어마하게 큰, 아주 거대한 하마 같은….

티나는 파괴된 건물을 올려다보느라 뉴트가 소매에서 슬쩍 지팡이를 꺼내 떠돌이 노동자에게 겨누는 모습을 보지 못한다.

떠돌이 노동자

…가스였어요. 가스였다니까.

주변의 다른 사람들도 그의 말에 동의한다.

사람들
가스…. 가스였어!

티나의 눈에 또다시 빌리위그가 포착된다. 티나가 다른 데로 주의를 돌린 틈을 타 뉴트는 철제 계단을 뛰어올라 폐허가 된 공동주택 건물로 들어간다.

SCENE 32

실내. 제이콥의 방. 오후.

뉴트는 제이콥의 방에 들어가 우뚝 서서 빤히 바라본다. 방은 완전히 파괴되었다. 발자국, 망가진 가구, 산산조각 난 유리…. 그보다 더 심각한 건 맞은편 벽에 엄청나게 큰 구멍이 뚫려 있다는 점이다. 거대한 무언가가 벽을 뚫고 나간 것 같다. 제이콥이 구석에서 끙끙거리며 신음하는 소리가 들린다.

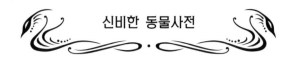

SCENE 33

실외. 공동 주택 거리. 오후.

카메라는 다시 티나에게 컷. 주위를 둘러보던 그녀는 사람들 사이에서 뉴트가 사라진 것을 알아차린다.

SCENE 34

실내. 제이콥의 방. 오후.

뉴트가 제이콥 옆에 웅크리고 앉는다. 제이콥은 등을 대고 누워서 눈을 감은 채 앓는 소리를 낸다. 뉴트는 제이콥 목의 작고 붉은 물린 상처를 자세히 살펴보려 하지만 제이콥이 무의식중에 계속 팔다리를 휘둘러 뉴트가 다가오지 못하게 한다.

> 티나 (O.S.)
> 스캐맨더 씨!

티나가 제이콥이 살고 있는 건물 계단을 결연하게 뛰어오르는 데서 컷.

뉴트가 절박한 심정으로 원상 복구 마법을 거는 데서 다시 컷.

티나가 방에 들어오기 직전, 마침맞게 방 안이 복구되고 벽이 보수된다.

SCENE 35

실내. 제이콥의 방. 오후.

티나가 서둘러 들어오자 뉴트가 아무것도 모른다는 듯 침대에 앉아 짐짓 태연해 보이려 애쓰는 모습이 보인다. 뉴트는 침착하게 가방 자물쇠를 잠근다.

티나

열려 있었어요?

뉴트

아주 손톱만큼요….

티나

그 미친 니플러라는 게 또 풀려났단 말인가요?

뉴트

어… *그럴 수*도 있고….

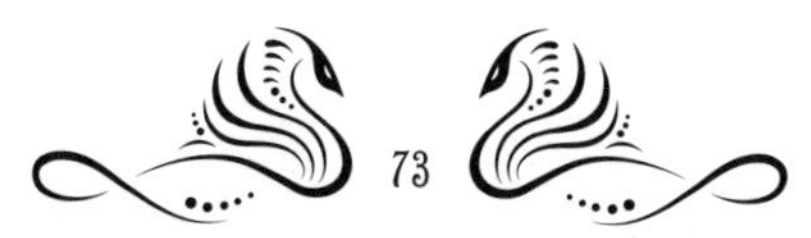

티나
그럼 찾아요! 찾으라고요!

끙끙거리며 고통스러워하는 제이콥.

티나는 제이콥의 가방을 내려놓고 상처 입은 제이콥에게 곧장 다가간다.

티나
(제이콥을 걱정하며)
목에서 피가 나잖아요, 다쳤어요! 일어나 봐요, 노마지 씨….

티나가 등 돌리고 있는 사이 뉴트는 문 쪽으로 간다. 머트랩이 캐비닛 아래에서 허둥지둥 튀어나와 티나의 팔을 꽉 붙들자 갑자기 티나가 목청껏 비명을 내지른다. 뉴트가 휙 몸을 돌려 머트랩의 꼬리를 붙잡고 한바탕 씨름한 끝에 녀석을 가방에 집어넣는다.

티나
머시 루이스 같으니, 그게 뭐예요?

뉴트
걱정할 거 없어요. 머트랩이에요.

둘 다 알아차리지 못하는 사이, 제이콥이 눈을 뜬다.

티나
저 안에 또 뭐가 들어 있죠?

제이콥
(뉴트를 알아보고서)
당신!

뉴트
안녕하세요.

티나
진정하세요, 성함이….

제이콥
코왈스키요…. 제이콥….

티나는 제이콥과 악수한다.

뉴트가 지팡이를 들어 올린다. 겁에 질린 제이콥은 움찔하며 티나를 꽉 붙든다. 티나는 방어적으로 제이콥 앞에 나선다.

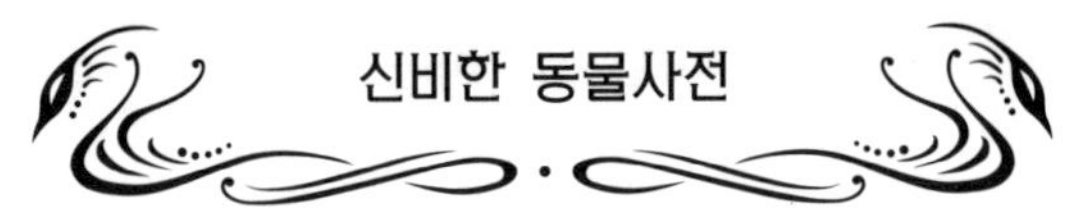

티나
지금 망각 주문을 걸면 안 돼요! 증인으로 필요하다고요.

뉴트
죄송한데… 뉴욕을 거니는 내내 그쪽이 나더러 왜 망각 주문을 걸지 않았냐고 윽박지르지 않았나요….

티나
다쳤잖아요! 아픈 것 같다고요!

뉴트
괜찮을 거예요. 머트랩한테 물린 상처는 그렇게 심각한 문제가 아니니까.

뉴트는 지팡이를 치운다. 제이콥이 구석에 대고 구역질을 하는 동안 티나는 의심스러운 눈길로 뉴트를 바라본다.

뉴트
내가 지금껏 봐 온 반응보다 약간 심각하다는 건 인정할게요. 하지만 정말로 심각했다면 이 사람은….

티나
뭐죠?

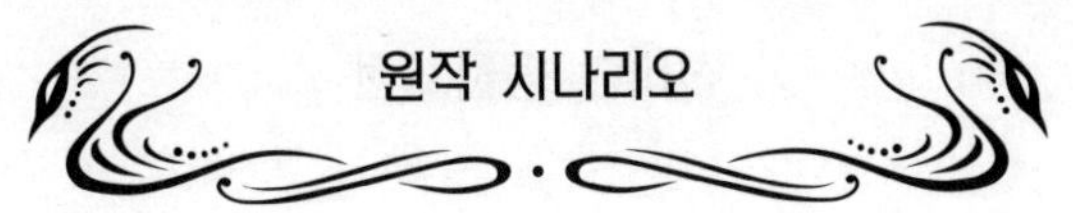

뉴트

음, 첫 번째 증상은 항문에서 불꽃이 방사되는 건데요….

겁에 질린 제이콥은 바지의 엉덩이 부분을 만져 본다.

티나

모두 엉망진창이야!

뉴트

아무리 심해 봐야 48시간 지속돼요! 원하신다면 내가 데리고 있어도….

티나

아, 데리고 있으시겠다? 미국에선 이 사람들을 데리고 있지 않아요! 스캐맨더 씨, 미국의 마법 공동체에 대해 *뭐라도* 아는 게 있긴 해요?

뉴트

사실, 몇 가지는 알고 있습니다. 비마법적인 사람들과의 관계에 대한 법이 뒤처졌다는 점이요. 미국에서는 마법사가 아닌 사람과는 친구가 될 수도 없고 결혼도 못 하죠. 내가 보기에는 좀 터무니없더군요.

제이콥은 입을 떡 벌린 채 이 대화를 듣고 있다.

티나

누가 지금 이 사람하고 결혼한다고 그랬어요? 두 분 다 나랑 같이 가 주셔야….

뉴트

내가 왜 그쪽을 따라가야 하는지 잘 모르겠습니다만….

티나가 정신을 조금 차린 제이콥을 바닥에서 일으키려 애쓴다.

티나

도와요!

뉴트는 마지못해 의무적으로 돕는다.

제이콥

내가… 내가 지금 꿈꾸는 거 맞죠? 그래…. 난 피곤해. 은행에는 아예 가지도 않았고. 이건 그냥, 죄다 무슨 엄청난 악몽 같은 거야. 그렇죠?

티나

저한테도 악몽이에요, 코왈스키 씨.

티나와 뉴트는 제이콥과 함께 순간이동으로 사라진다.

카메라는 다시 벽에 걸린 제이콥의 할머니 사진에 초점을 맞춘다. 사진이 약간 흔들리더니 마침내 떨어져 버리고 벽에 뚫린 구멍이 드러난다. 구멍 안에 니플러가 들어가 있다.

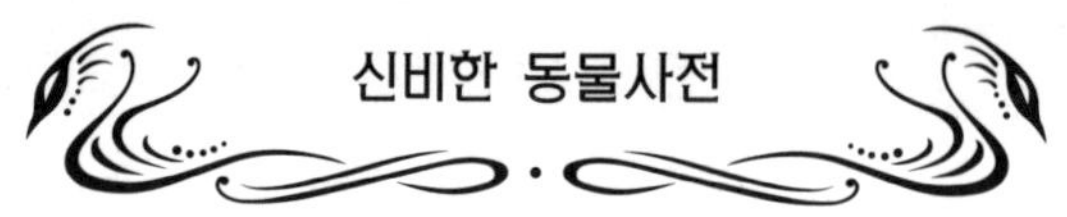

SCENE 36

실외. 어퍼이스트사이드. 오후.

커다란 막대 사탕을 꼭 움켜쥔 남자아이가 붐비는 거리를 아버지 손에 이끌려 가고 있다. 그들이 과일 파는 수레를 지나가는데, 갑자기 사과 하나가 공중으로 떠오르더니 아이 옆을 까딱거리며 따라온다. 아이는 보이지 않는 무언가가 사과를 베어 먹는 모습을 놀라운 눈으로 바라본다. 그때, 눈에 보이지 않는 그 손이 아이의 막대 사탕을 낚아채자 아이 얼굴에서 미소가 사라진다.

신문 가판대. 광고 속의 여자가 깜빡이며 눈을 뜬다. 위장하고

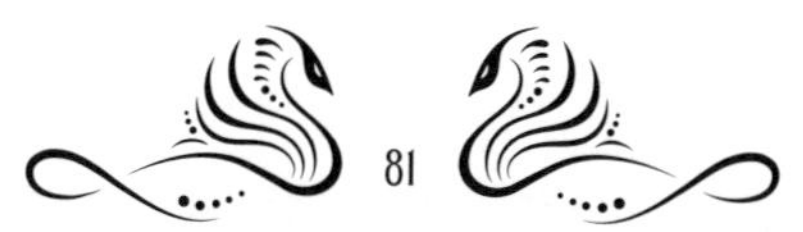

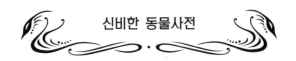

있었던 듯 어떤 생명체의 윤곽선이 드러나 보이더니 포스터에서 벗겨져 나간다. 이 생명체는 거리를 따라 움직이며 다시 보이지 않게 된다. 오직 들고 있는 막대 사탕으로만 위치를 알 수 있을 뿐이다. 겉으로 보기엔 공중에 떠 있는 듯하다. 개 한 마리가 생명체 쪽을 향해 짖어 대자, 생명체는 허둥지둥 나아가다가 신문 가판대를 넘어뜨린다. 그 바람에 자전거며 자동차 여러 대가 급히 방향을 튼다.

카메라는 백화점 지붕을 비춘다. 가느다란 푸른색 꼬리가 다락의 작은 창문으로 스르르 미끄러져 들어가는 모습이 보인다. 갑자기 건물이 흔들리며 기와가 떨어져 나간다. 그 생명체의 크기가 백화점 안쪽 공간을 전부 채울 만큼 커졌기 때문이다.

SCENE 37

실내. 쇼 타워의 신문 편집실. 해 질 녘.

미디어 제국답게 화려한 아르데코 양식의 본부. 많은 기자들이 탁 트인 사무실에서 열심히 일하고 있다.

엘리베이터 문이 열리고 랭던 쇼가 흥분하여 부산스레 편집실을 가로질러 온다. 제2의 세일럼 교회 신도들이 그 뒤를 따른다. 랭

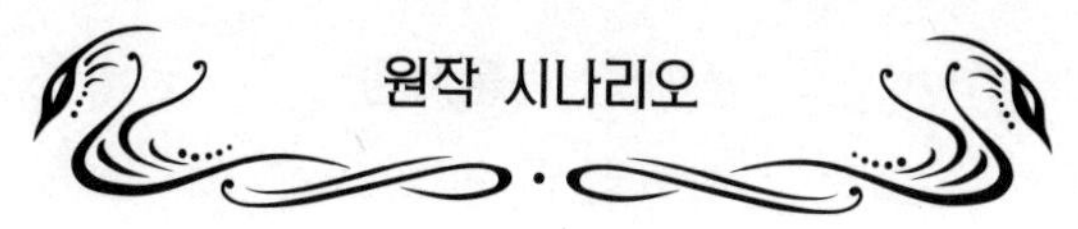

던의 손에는 지도 여러 장과 낡은 책 몇 권, 사진 한 움큼이 들려 있다.

메리 루는 차분하고 채스터티는 수줍어하는 듯하며 모데스티는 신이 나 있고 호기심에 차 있다. 크레덴스는 초조해 보인다. 그는 사람들이 많이 모여 있는 곳을 좋아하지 않는다.

랭던
…자, 여기가 신문 편집실이고….

랭던은 신이 나서 몸을 휙 돌린다. 자기가 이곳의 권위자라는 걸 제2의 세일럼 교회 신도들에게 보여 주고 싶어 안달이다.

랭던
갑시다!

랭던은 사무실을 빙 둘러 가며 몇몇 직원과 이야기를 나눈다.

랭던
어이, 잘 지내나? 베어본 가족 나가신다, 길을 비켜라! 저 사람들이 쓰는 말을 빌리자면, 지금은 신문 지면을 짜고 있는 겁니다.

랭던이 탁 트인 사무 공간 끝의 쌍여닫이 문 쪽으로 데려온 사람

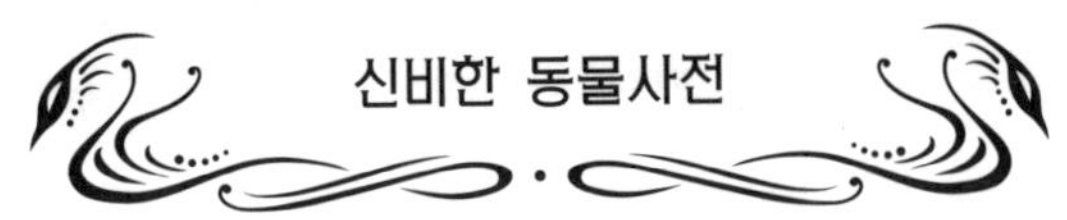

들을 이끌고 가는 모습을 보면서, 기자들은 내색하지는 않지만 재미있어하는 듯하다. 헨리 쇼 시니어의 조수인 바커가 불안한 기색으로 자리에서 일어선다.

바커
쇼 씨, 회장님은 의원님하고 같이 계신데요….

랭던
그건 걱정 말게, 비키. 내 이버지를 만나야겠이!

랭던은 밀치고 지나간다.

SCENE 38

실내. 쇼 시니어의 펜트하우스 사무실. 해 질 녘.

도시 전경이 멋지게 펼쳐지는 커다랗고 인상적인 사무실이다. 언론계의 거물 헨리 쇼 시니어가 맏아들인 쇼 상원 의원과 이야기를 나누고 있다.

쇼 상원 의원
…배를 그냥 살 수도 있는 일이고….

문이 양쪽으로 벌컥 열리자 잔뜩 시달린 바커와 다혈질 랭던이 모습을 드러낸다.

바커
죄송합니다, 회장님. 아드님이 하도 고집을 피우셔서….

랭던
아버지, 아버지가 반기실 만한 얘기예요.

랭던은 아버지의 책상이 있는 쪽으로 가 사진을 펼쳐 놓기 시작한다. 몇 장은 우리 모두가 아는 이미지로, 영화가 시작될 때 본 파괴된 거리이다.

랭던
대박이라고요!

쇼 시니어
지금 너희 형하고 난 바쁘다, 랭던. 형의 선거 운동을 어떻게 할지 의논 중이야. 이럴 시간 없어.

메리 루, 크레덴스, 채스터티, 모데스티가 사무실에 들어온다. 쇼 시니어와 쇼 상원 의원이 그들을 뚫어지게 바라본다. 크레덴스가 난처하고 초조한 표정으로 고개를 숙인 채 서 있다.

랭던

이분은 제2의 세일럼 자선재단에서 나온 메리 루 베어본이에요. 아버지한테 들려 드릴 엄청난 이야깃거리가 있대요!

쇼 시니어

아 그래…. 과연 그럴까?

랭던

도시 전체에서 이상한 일이 벌어지고 있다니까요. 이 일의 배후에 있는 사람들은…. 그 사람들은 아버지나 저랑은 달라요. 이건 마법이라고요, 아시겠어요?

쇼 시니어와 상원 의원은 의심스러워하는 표정이다. 모두들 랭던의 허무맹랑하고 하찮은 계획이며 관심사에 너무도 익숙해져 있다.

쇼 시니어

랭던.

랭던

돈은 한 푼도 받지 않겠대요.

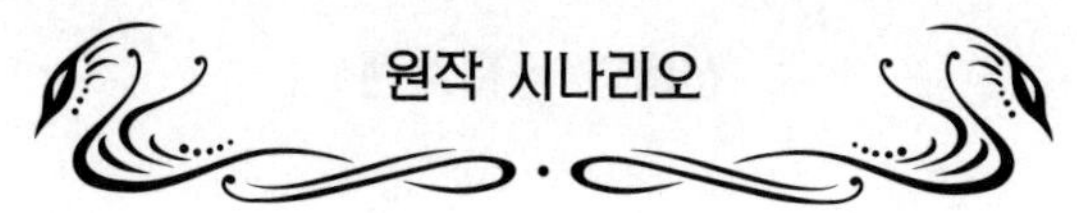

쇼 시니어

그렇다면 그 얘기가 쓸모없는 것이거나, 한 푼도 안 받겠다는 말이 거짓이겠지. 가치 있는 걸 공짜로 줄 사람은 없다.

메리 루

(확신하며, 설득력 있게)

맞는 말씀이에요, 쇼 회장님. 저희는 돈보다 훨씬 더 가치 있는 것을 바라고 있습니다. 회장님의 영향력이요. 회장님 회사의 신문을 읽는 수백만 명의 사람들한테도 이번 위험을 알려야 합니다.

랭던

지하철역에서 일어난 그 말도 안 되는 소동이며….
그냥 사진만 한 번 보세요!

쇼 시니어

이제 그만 손님들 데리고 나가라.

랭던

안 돼요, 아버지는 지금 기회를 놓치시는 거라고요.
증거를 보시기만 하면….

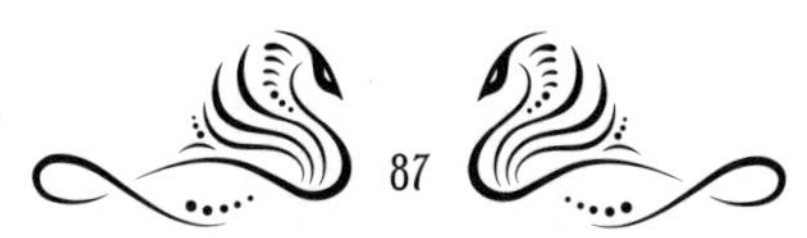

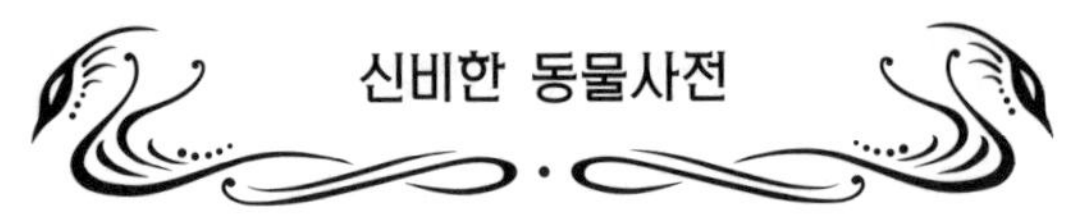

쇼 시니어

정말 이러기냐.

쇼 상원 의원

(아버지와 동생 사이에 끼어들며)

랭던. 아버지 말씀 듣고 그만 가라.

쇼 상원 의원은 눈을 돌려 크레덴스를 응시한다.

쇼 상원 의원

그리고 이 괴물들도 다 데리고 나가.

크레덴스의 몸이 눈에 띄게 경련한다. 가까이 있는 사람이 화를 내자 동요하는 것이다. 메리 루는 침착하면서도 강철처럼 싸늘하다.

랭던

여긴 아버지 사무실이지 형 사무실이 아니야. 나도 진짜 지긋지긋해. 내가 여기 들어올 때마다 이러니….

쇼 시니어는 아들을 조용히 시킨 뒤 베어본 가족에게 나가라고 손짓한다.

쇼 시니어

이만 됐다. 고맙습니다.

메리 루

(차분하고, 위엄 있게)

재고해 주시기를 바라겠습니다, 쇼 회장님. 저희를 찾는 건 어렵지 않으실 거예요. 오늘은 이만하겠습니다. 이렇게 시간 내주셔서 감사합니다.

쇼 시니어와 쇼 상원 의원은 메리 루가 돌아서서 아이들을 이끌고 나가는 모습을 지켜본다. 신문 편집실에는 정적이 감돈다. 모두가 말다툼 소리를 들으려고 목을 빼고 있다.

크레덴스가 나가는 도중에 전단지를 떨어뜨린다. 쇼 상원 의원이 앞으로 나와 허리를 숙이고 전단지를 집어 든다. 그는 전면에 실린 마녀들을 힐긋 본다.

쇼 상원 의원

(크레덴스에게)

이봐, 꼬맹아. 뭘 떨어뜨렸는데.

상원 의원은 전단지를 구겨 크레덴스의 손에 쥐어 준다.

쇼 상원 의원

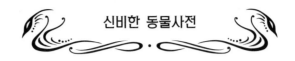

옛다, 괴물아. 너희가 살고 있는 쓰레기통에 갖다 버리는 게 어때?

크레덴스 뒤에서 모데스티의 눈이 이글이글 타오른다. 모데스티는 크레덴스를 지켜 주기라도 할 것처럼 그의 손을 꽉 잡는다.

SCENE 39

실외. 브라운스톤 주택 거리. 잠시 후. 해 질 녘.

티나와 뉴트는 아파하는 제이콥을 양쪽에서 부축하며, 그를 진정시키려 애쓴다.

티나

여기서 오른쪽이에요….

제이콥은 꽥꽥거리며 온갖 구역질 소리를 낸다. 목에 물린 상처의 통증이 점점 더 심해지는 게 분명하다.

세 사람이 모퉁이를 돌자마자, 티나는 서둘러 커다란 정비 트럭 뒤에 그들을 숨긴다. 그곳에서 티나는 길 건너에 있는 집을 지

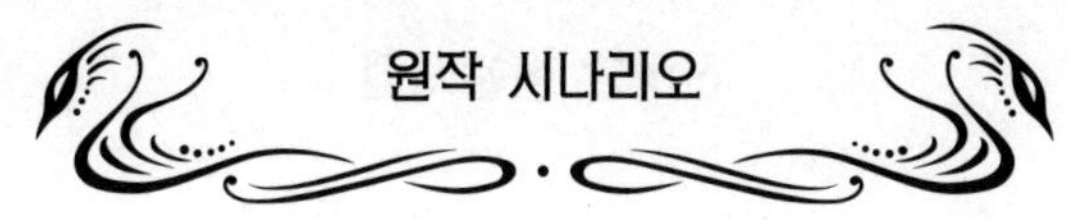

켜본다.

티나

좋아요…. 들어가기 전에 말해 두겠는데, 원래는 집에 남자를 들이면 안 돼요.

뉴트

그렇다면, 코왈스키 씨와 제가 달리 묵을 곳을 찾는 게 쉬울 수도….

티나

아니, 안 돼요!

티나가 재빨리 제이콥의 팔을 붙잡고는 그를 끌고 길을 건넌다. 뉴트는 순순히 뒤따른다.

티나

발 조심해요.

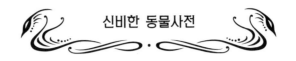

<u>SCENE 40</u>

실내. 골드스틴의 집, 계단실. 해 질 녘.

뉴트, 티나, 제이콥은 발꿈치를 들고 계단을 오른다. 첫 번째 층계참에 막 도착했을 때 집주인인 에스포지토 부인이 소리친다. 모두 그 자리에 얼어붙는다.

에스포지토 부인 (O.S.)
거기, 티나예요?

티나
네, 에스포지토 아주머니!

에스포지토 부인 (O.S.)
혼자 왔지요?

티나
항상 혼자지요, 에스포지토 아주머니!

잠시 후.

SCENE 41

실내. 골드스틴의 집, 거실. 해 질 녘.

세 사람은 골드스틴의 아파트에 들어간다.

궁핍하기는 해도 이 아파트는 일상적인 마법 덕분에 생동감이 넘친다. 구석에서 다리미가 알아서 일을 하고 있고, 난로 앞의 빨래 건조대는 나무 다리로 서툴게 빙빙 돌며 속옷 여러 벌을 말리고 있다. 《마녀의 친구》《마녀의 수다》《오늘의 변신 마법》 등 잡지가 사방에 널려 있다.

마녀의 망토를 걸친 사람 중 가장 아름다운 여성인 금발의 퀴니는 실크 슬립을 입고 서 있다. 그녀는 의상 제작용 마네킹에 걸려 있는 드레스의 수선을 감독한다. 제이콥은 벼락이라도 맞은 얼굴이다.

뉴트는 조금도 눈치채지 못한다. 가능한 한 빨리 떠나고 싶은 마음에 조바심을 치며 그는 창밖을 내다보기 시작한다.

퀴니
티니 언니…. 집에 남자를 데려온 거야?

티나
신사 여러분, 이쪽은 제 동생이고요. 뭐라도 좀 입

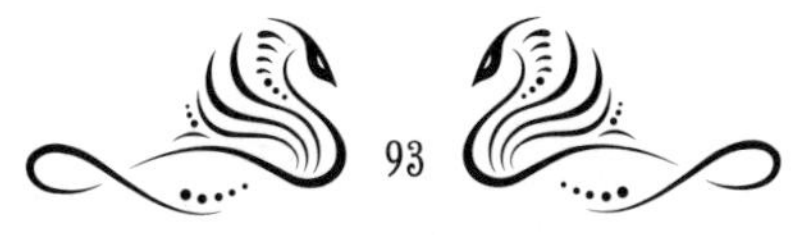

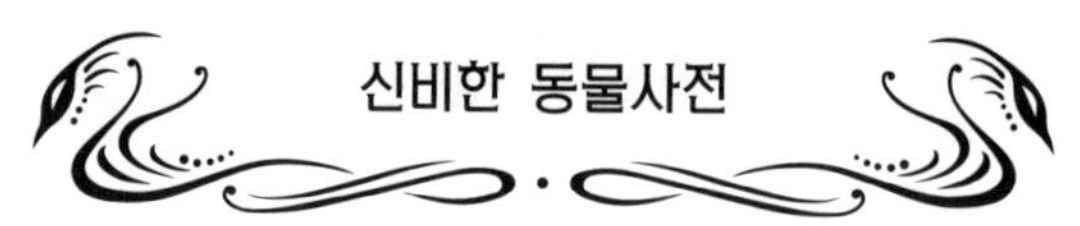

을래, 퀴니?

퀴니
(무심하게)
아, 당연히 그래야지….

퀴니가 지팡이를 마네킹을 향해 겨누어 위로 올리자 드레스가 마네킹에서 벗겨져 그녀의 몸을 타고 오르며 마법처럼 입혀진다. 이 광경을 지켜보던 제이콥은 너무 놀란 나머지 말문이 막힌다.

티나는 못마땅해하며 집 정리를 시작한다.

퀴니
근데 이분들은 누구셔?

티나
저 사람은 스캐맨더 씨야. 국가 기밀 유지 법령을 심각하게 위반했는데….

퀴니
(인상 깊다는 듯)
*범죄자*란 말이야?

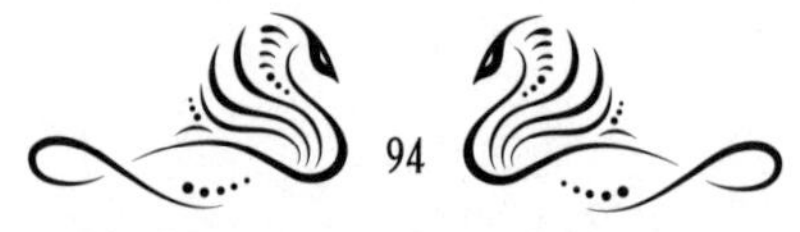

티나
그래, 맞아. 그리고 이쪽은 코왈스키 씨야. 이분은 노마지야….

퀴니
(갑자기 걱정하며)
노마지라고? 틴 언니, 어떻게 된 거야?

티나
이 사람은 지금 아파. 얘기하자면 길어. 스캐맨더 씨가 뭘 좀 잃어버렸는데, 내가 찾는 걸 도와주려고 해.

제이콥이 갑자기 휘청한다. 땀투성이에 상태가 심각하다. 퀴니가 제이콥에게 달려가는 동안 티나는 주변을 서성인다. 티나도 걱정하고 있다.

퀴니
(제이콥이 뒤쪽의 소파에 쓰러지듯 주저앉자)
네, 앉는 게 좋겠어요, 자기. 저….
(제이콥의 마음을 읽고)
하루 종일 아무것도 못 드셨대. 그리고….
(제이콥의 마음을 읽고)
…이런, 심했네요.

(제이콥의 마음을 읽고)
빵집 차릴 돈도 빌리지 못했대. 자기, 빵을 구워요?
나도 요리하는 거 엄청 좋아하는데.

뉴트는 창가에 서서 퀴니를 지켜보고 있다. 이제 막 과학자로서의 호기심이 동했다.

뉴트
레질리멘스이신가요?

퀴니
음, 네. 근데 그쪽 같은 사람들은 항상 어렵더라고요. 영국인들 말이에요. 억양 때문에.

제이콥
(상황 파악이 되자 질겁하며)
사람 마음을 읽을 줄 안다고요?

퀴니
아, 걱정 말아요, 자기. 남자들 대부분은 당신과 똑같은 생각을 하거든요, 나를 처음 보면.

퀴니는 지팡이로 제이콥을 장난스럽게 가리킨다.

퀴니

자, 이제 뭘 좀 드셔야겠네요.

뉴트가 창밖을 내다보자 날아가는 빌리위그가 보인다. 밖으로 나가 생물들을 되찾아야 하기에 뉴트는 초조하고 조바심이 난다.

티나와 퀴니는 부엌에서 식사 준비를 하느라 바쁘다. 퀴니가 알아서 요리되도록 마법을 걸자 음식 재료들이 찬장에서 둥둥 떠 날아온다. 당근과 사과가 알아서 썰리고 페이스트리는 저절로 말리며 팬에 담긴 음식이 저절로 뒤섞인다.

퀴니

(티나에게)

핫도그라니…. 또?

티나

내 마음 읽지 마!

퀴니

몸에 안 좋은 음식이니까 그렇지.

티나가 지팡이로 찬장을 겨눈다. 접시며 다양한 나이프, 스푼, 포크며 유리잔이 찬장에서 나와 날아와서는, 티나가 지팡이를 살짝 휘두르자 스스로 식탁 위에 놓인다. 제이콥은 반은 매료되고 반은 겁에 질린 채 식탁 쪽으로 비틀대며 걸어간다.

카메라가 뉴트를 잡는다. 그의 손은 문손잡이에 가 있다.

퀴니
(천진하게)
저기, 스캐맨더 씨. 파이가 좋아요, 슈트루들이 좋아요?

모두가 뉴트를 돌아본다. 당황한 뉴트는 손잡이에서 손을 뗀다.

뉴트
아무거나 상관없습니다.

티나는 뉴트를 뚫어지게 바라본다. 뉴트에게 맞서고 싶지만 실망하고 상처받은 듯하다.

제이콥은 이미 식탁에 자리 잡고, 셔츠에 냅킨을 끼우고 있다.

퀴니
(제이콥의 생각을 읽고)
자긴 슈트루들이 더 좋죠? 그럼 슈트루들로.

제이콥은 신이 나서 열렬히 고개를 끄덕인다. 퀴니가 즐거워하

며 활짝 마주 웃는다.

퀴니가 지팡이를 한 번 탁 튕기자 건포도와 사과, 페이스트리가 허공에 떠오른다. 이 혼합물은 저절로 깔끔하게 말려 원통형의 파이가 되더니, 그 자리에서 구워진다. 화려한 장식과 설탕 가루까지 뿌려진 완전한 모습이다. 제이콥이 숨을 깊이 들이마신다. 천국이 따로 없다.

티나가 식탁의 초에 불을 붙인다. 식사 준비가 끝났다.

카메라가 뉴트의 주머니에 초점을 맞춘다. 끽끽대는 작은 소리가 들리더니 피켓이 궁금해하며 머리를 삐죽 내민다.

티나
뭐, 일단 앉으세요, 스캐맨더 씨. 독을 넣진 않았으니까.

뉴트는 여전히 문가를 서성이면서도 이 상황에 왠지 마음이 끌리는 듯하다. 제이콥이 뉴트에게 어서 앉으라며 은근히 눈에 힘을 준다.

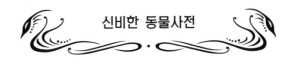

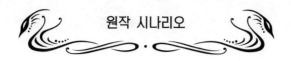

SCENE 42

실외. 브로드웨이. 밤.

크레덴스가 늦은 밤까지 식사를 하는 사람들과 극장에 가는 사람들 사이를 지나 혼자 걷고 있다. 차들이 굉음을 내며 지나간다. 크레덴스는 전단지를 나누어 주려고 하지만 오직 불신과 약간의 비웃음만을 마주할 뿐이다.

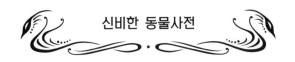

저 앞으로 울워스 빌딩이 어렴풋이 보인다. 크레덴스는 동경 어린 눈빛으로 그쪽을 힐긋 바라본다. 그레이브스가 울워스 빌딩 밖에서 크레덴스를 주시하며 서 있다. 그레이브스를 발견한 크레덴스의 얼굴에 한 줄기 희미한 희망이 스치고 지나간다. 마음을 온통 사로잡힌 채, 크레덴스는 길을 건너 그레이브스에게로 향한다. 자기가 어디로 향하는지조차 거의 보지 못한 채 그 외의 모든 것은 잊었다.

SCENE 43

실외. 골목. 밤.

크레덴스는 고개를 숙인 채 어슴푸레한 골목 끝에 서 있다. 그레이브스가 크레덴스에게 가더니 음모를 꾸미는 것처럼 아주 바싹 다가가 귓속말을 한다.

그레이브스

속상한 모양이구나. 또 어머니 때문이겠지. 누가 뭐라고 했을 테고…. 뭐라던? 말해 보거라.

크레덴스

그레이브스 씨도 제가 괴물이라고 생각하세요?

그레이브스

아니, 난 네가 아주 특별한 청년이라고 생각한다. 그렇지 않으면 이렇게 너한테 도와달라고 했을 리가 없지. 안 그러냐?

잠시 정적. 그레이브스가 크레덴스의 팔에 한 손을 얹는다. 사람의 손길이 닿자 크레덴스는 놀라면서도 매료된 듯하다.

그레이브스

새로운 소식은 없고?

크레덴스

계속 찾아보고 있어요. 그레이브스 씨, 여자앤지 남자앤지만 알아도….

그레이브스

내 환영 속에서는 그 아이의 어마어마한 힘만 보였다. 남자든 여자든 나이는 열 살을 넘지 않고, 네 어머니와 그 아이가 아주 가까이 있는 게 보이더구나. 네 어머니를 아주 똑똑히 봤어.

크레덴스

그런 애들이 수백 명은 돼요.

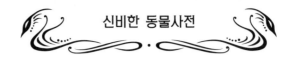

그레이브스의 말투가 부드러워진다. 크레덴스를 구슬리고 안심시키려는 것이다.

그레이브스

또 하나, 아직 너한테 말하지 않은 게 있다. 뉴욕에서 내 곁에 있는 너를 보았다. 그 아이가 신뢰하는 사람은 바로 너야. 네가 열쇠다. 내가 봤어. 넌 마법사 세계에 들어오고 싶어 하잖니. 나도 그러길 바란다, 크레덴스. 널 위해서 말이야. 그러니까 그 아이를 찾아내거라. 그 아이를 찾아내면 우리 모두 자유로워질 거야.

SCENE 44

실내. 골드스틴의 집, 거실. 30분 후. 밤.

뉴트의 가방 자물쇠가 탁 튕기며 풀린다. 뉴트가 아래로 손을 뻗어 자물쇠를 눌러 닫는다.

제이콥은 식사를 하고 나자 약간 상태가 나아진 듯하다. 그와 퀴니는 아주 친밀해지고 있다.

퀴니

내가 하는 일이야 대단치도 않아요. 뭐, 보통은 커피나 타고, 변기 막히면 저주 해제 마법을 걸어서 고치고…. 직장 생활을 하는 건 언니죠.

(제이콥의 마음을 읽고)

아녜요. 우린 고아거든요. 엄마 아빠는 우리가 어렸을 때 용 천연두로 돌아가셨어요. 아이, 참….

(제이콥의 마음을 읽고)

다정하기도 하셔라. 그래도 언니한텐 내가 있고 나한텐 언니가 있으니까요!

제이콥

잠깐만, 내 마음 좀 안 읽으면 안 돼요? 오해는 하지 마시고요, 그거 정말 좋으니까요.

퀴니는 즐거워하며 키득거린다. 그녀는 제이콥에게 마음을 뺏기고 말았다.

제이콥

이 음식 말이에요. 미치도록 맛있어요! 나도 이런 일을 하는데…. 그러니까, 나는 요리사거든요. 근데 이건, 뭐랄까, 평생 먹어 본 음식 중에 가장 맛있어요.

퀴니
(웃으며)
아, 정말 재밌어 죽겠어요! 지금껏 노마지랑 딱히 얘기라고 할 만한 걸 해 본 적이 없거든요.

제이콥
진짜요?

퀴니와 제이콥이 서로의 눈을 빤히 들여다본다. 뉴트와 티나는 마주 앉은 채 퀴니와 제이콥의 거북한 애정 행각에 할 말을 잃고 있다.

퀴니
(티나에게)
꼬리 치는 거 아냐!

티나
(당황하며)
내 말은 그냥…. 마음 주지 말라는 거야. 이분한테는 망각 주문을 걸어야 한다고!
(제이콥에게)
개인적인 감정은 없어요.

제이콥은 갑자기 매우 창백해져 다시 땀을 흘린다. 그 와중에도 퀴니에게 잘 보이려고 여전히 애쓴다.

퀴니
(제이콥에게)
오, 자기, 괜찮아요?

뉴트는 식탁에서 벌떡 일어나더니 자기 의자 뒤에 어정쩡하게 선다.

뉴트
골드스틴 씨, 내가 보기엔 코왈스키 씨가 빨리 잠자리에 드는 게 좋을 것 같은데요. 그리고 그쪽이랑 나도 니플러를 찾으려면 내일 아침 일찍 일어나야 할 테니….

퀴니
(티나에게)
니플러가 뭐야?

티나는 말도 말라는 표정이다.

티나
묻지 마.
(안쪽에 있는 방으로 움직이며)

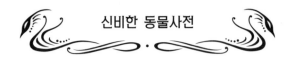

좋아요. 두 분은 여기서 주무세요.

SCENE 45

실내. 골드스틴의 집, 침실. 밤.

뉴트와 제이콥은 깔끔하게 정돈된 트윈 베드에 들어가 이불을 덮고 있다. 뉴트는 단호하게 등을 돌린 채 모로 누워 있는 반면, 제이콥은 침대에 앉아 마법 책을 읽어 내려 애쓰고 있다.

티나가 무늬 있는 파란색 파자마 차림을 하고 주저하며 문을 두드리더니 코코아를 쟁반에 받쳐 들고 들어온다. 머그잔 속 스푼이 알아서 코코아를 젓고 있다. 제이콥은 다시 넋을 놓는다.

티나
따뜻하게 한 잔씩 드시고 싶을 것 같아서요.

티나가 조심스러운 손길로 제이콥에게 머그잔을 건넨다. 뉴트는 계속 등지고 누운 채 잠든 척하고 있다. 그 모습을 본 티나는 약간의 불만을 담아 뉴트의 잔을 침대 옆 탁자에 비난하듯 올려놓는다.

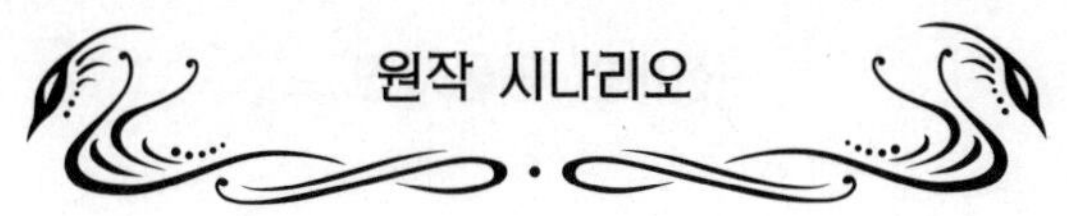

제이콥

이봐요, 스캐맨더 씨.

(뉴트에게, 그를 우호적으로 만들려고 애쓰며)

이것 좀 봐요, 코코아예요!

뉴트는 움직이지 않는다.

티나

(짜증이 나서)

화장실은 복도 끝 오른쪽에 있어요.

제이콥

정말로 감사….

티나가 문을 닫을 때 제이콥은 다른 방에 있는 퀴니를 재빨리 한 번 힐끗 본다. 퀴니는 훨씬 덜 얌전한 실내복을 입고 있다.

제이콥

합니다….

문이 닫히는 순간 뉴트가 벌떡 일어난다. 여전히 코트를 입은 채다. 그는 바닥에 가방을 내려놓는다. 뉴트가 가방을 열고 그 안으로 걸어 들어가더니 이내 완전히 보이지 않게 되자 제이콥은 경악하고 만다.

제이콥은 깜짝 놀라 작게 비명을 지른다.

뉴트의 손이 가방에서 불쑥 나와 제이콥에게 도도하게 손짓한다. 제이콥은 숨을 헐떡이며, 이 상황을 이해하려 애쓰면서 빤히 바라본다.

뉴트의 손이 재촉하듯 다시 나타난다.

뉴트 (O.S.)
서둘러요.

제이콥은 기운을 내어 침대에서 일어나 뉴트의 가방 안으로 한 걸음 한 걸음 걸어 들어간다. 그러나 허리 부분이 꽉 끼자 몸을 통과시키려고 몸부림친다. 제이콥이 애쓸 때마다 가방이 위아래로 들썩인다.

제이콥
이런 제기랄….

자포자기하는 심정에 마지막으로 한 번 펄쩍 뛰자 제이콥이 갑자기 가방 안으로 사라지고, 뚜껑이 탁 닫힌다.

원작 시나리오

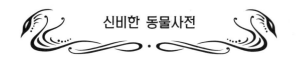

SCENE 46

실내. 뉴트의 가방. 잠시 후. 밤.

제이콥은 다양한 물건과 기구, 유리병과 부딪치면서 요란한 소리를 내며 가방 계단을 굴러떨어진다.

정신 차려 보니 나무 오두막 안이다. 간이침대와, 열대 지방에서 쓰는 장비가 있고 벽에는 각종 도구가 걸려 있다. 나무로 된 벽장에는 밧줄과 그물, 수집용 유리병이 있다. 꽤 낡은 타자기와 원고 더미, 중세시대 동물 우화집이 책상에 놓였다. 화분에 담긴 식물

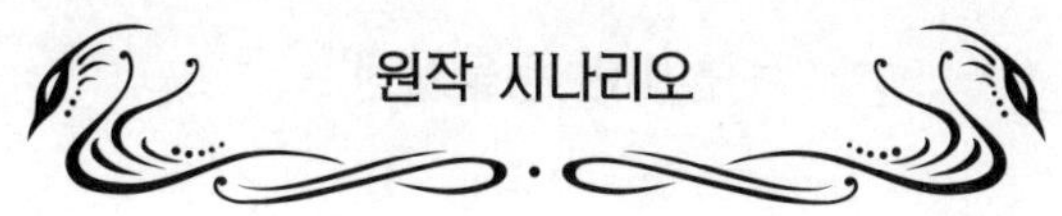

들이 선반을 따라 놓여 있다. 여러 줄로 늘어선 알약과 정제, 주사기, 주사 약병 들이 구급상자에 들어 있고, 메모와 지도, 그림과 특별한 생명체들을 찍은 움직이는 사진 몇 장이 벽에 압정으로 박혀 있다. 말린 날고기가 갈고리에 매달려 있다. 벽에는 사료 몇 자루가 기대어 있다.

뉴트
(제이콥을 힐끗거리며)
앉으시죠.

제이콥은 손 글씨로 **'문카프 먹이'**라고 쓴 나무 상자에 털썩 주저앉는다.

제이콥
그러는 게 좋겠네요.

뉴트가 앞으로 나아가 제이콥 목의 물린 상처를 살펴본다. 빠른 눈길이 한 차례 지나간다.

뉴트
아, 머트랩이 확실하네요. 유난히 민감 체질이신 게 분명합니다. 뭐, 머글이시니까요. 그래서 우리는 생리학적 특성이 미묘하게 다를 수 있어요.

뉴트가 분주하게 작업대에서 여러 식물과 다양한 유리병 속 내용물로 찜질 약을 만들더니, 재빨리 제이콥의 목에 붙인다.

제이콥

어후….

뉴트

이제 가만히 계세요. 그걸 붙였으니까 땀은 곧 멈출 겁니다.

(알약 몇 알을 건네주며)

그리고 한 알 먹으면 경련 증상도 없어질 거고요.

제이콥은 손에 든 알약을 의심스럽게 바라본다. 결국 밑져야 본전이다 싶어 알약을 삼킨다.

카메라가 어느새 조끼를 벗고 보타이를 풀고 멜빵도 내려뜨린 뉴트를 비춘다. 뉴트는 큼지막한 고기용 식칼을 집어 들고 커다란 고깃덩이를 마구 토막 낸 다음 양동이에 던져 넣는다.

뉴트

(제이콥에게 양동이를 건네며)

받으세요.

제이콥은 역겨워한다. 뉴트는 눈치채지 못한다. 지금 그의 관심

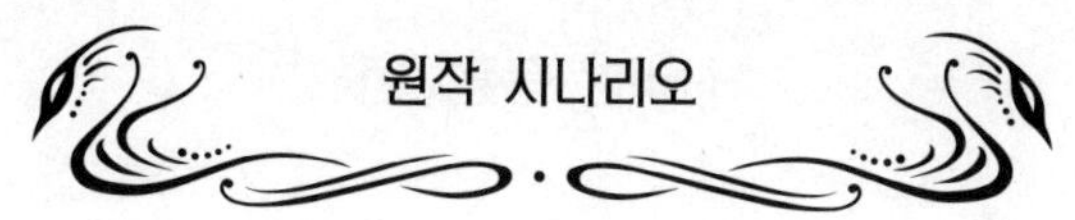

은 온통 가시투성이 고치에 쏠려 있다. 그가 고치를 천천히 쥐어짜기 시작한다. 뉴트는 그렇게 해서 고치에서 빛을 발하는 독을 뽑아내 주사 약병에 담는다.

뉴트
(고치를 향해)
조금만 더….

제이콥
그게 뭡니까?

뉴트
글쎄요, 이건…. 현지인들에게 '스우핑 이블'이라고 불려요. 그렇게 호의적인 이름은 아니에요.* 상당히 민첩한 친군데.

자기 말을 증명이라도 해 보이려는 듯 뉴트가 탁 튕기자 고치가 풀어지더니 뉴트의 손가락에 우아하게 매달린다.

뉴트
이 친구를 연구해 왔어요. 이 녀석의 독을 적당히 희석하면 꽤 유용할 거라는 확신이 듭니다. 뭐, 나쁜

* swooping evil을 직역하면 '습격하는 악마'이기 때문이다.

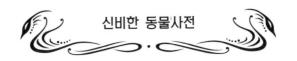

기억을 지울 때만 쓴다든지 말이죠.

뉴트가 갑작스레 스우핑 이블을 제이콥에게 던진다. 스우핑 이블이 고치에서 불쑥 나온다. 박쥐와 비슷한 생김새에 온몸에는 가시가 돋쳐 있고 색깔이 알록달록한 생물이다. 뉴트가 다시 불러들이기 전까지 스우핑 이블은 제이콥의 코앞에서 울부짖는다. 제이콥은 몸을 크게 움찔하지만, 뉴트 나름으로는 깜찍한 장난이었던 게 분명하다….

뉴트

(혼자 미소 지으며)

그래도 여기다 풀어놓으면 안 되겠죠, 아마도.

뉴트는 오두막 문을 열고 걸어 나간다.

뉴트

갑시다.

제이콥은 이제 완전히 넋이 나가 뉴트를 따라 나간다.

SCENE 47

실내. 뉴트의 가방, 동물 구역. 낮.

가죽 가방의 경계가 흐릿하게나마 보이긴 하지만, 공간은 작은 항공기 격납고 크기로 부풀었다. 그곳에 축소판 사파리 공원이 들어 있다. 뉴트의 생명체들은 저마다 마법으로 실현된 완벽한 서식지를 가지고 있다.

제이콥은 경이로워하며 이 세계에 발을 들여놓는다.

뉴트가 가장 가까운 서식지에 서 있다. 애리조나 사막의 한 조각이다. 이 구역에는 대단히 아름다운 천둥새, 프랭크가 있다. 천둥새란 커다란 앨버트로스처럼 생긴 생명체로, 눈부신 두 날개에서 구름 같기도, 태양 같기도 한 무늬가 희미하게 빛나고 있다. 천둥새의 한쪽 다리는 피부가 아스러져 피가 나고 있다. 예전에 사슬에 묶여 있었던 게 분명하다. 프랭크가 날개를 퍼덕이자 서식지에 양동이로 들이붓듯 폭우가 쏟아지며 천둥과 번개가 친다. 뉴트는 지팡이로 마법 우산을 만들어 비를 피한다.

뉴트
(높이 떠 있는 프랭크를 바라보며)
옳지… 옳지… 내려와…. 얼른.

프랭크가 천천히 마음을 가라앉히더니, 아래로 내려와 뉴트 앞에

있는 커다란 바위 위에 선다. 그러자 비가 서서히 그치면서 찬란하고 뜨거운 햇빛이 드리워진다.

뉴트는 지팡이를 집어넣고 주머니에서 먹이 한 움큼을 꺼낸다. 프랭크가 그 모습을 골똘히 지켜본다.

뉴트가 비어 있는 손으로 프랭크를 토닥여 진정시키는 모습이 매우 다정해 보인다.

뉴트
아, 정말 고맙다, 파라셀수스. 너까지 도망쳤으면 엄청난 재앙이 일어났을 거야.
(제이콥에게)
있잖아요, 바로 이 녀석이 제가 미국에 온 진짜 이유예요. 프랭크를 고향에 데려다주려고요.

제이콥은 시선을 고정한 채 천천히 앞으로 걸어 나온다. 그 바람에 프랭크가 불안해하며 날개를 퍼덕이기 시작한다.

뉴트
(제이콥에게)
아뇨, 죄송하지만…. 거기 그냥 계세요. 낯선 사람들한테 아주 조금 예민한 편이거든요.
(프랭크를 진정시키며)

울지, 울지.

(제이콥에게)

있잖아요, 이 녀석은 불법으로 팔려 갔었어요. 이집트에서 찾았는데 사슬로 칭칭 감겨 있더라고요. 그대로 내버려 둘 수가 없어서 데리고 돌아와야만 했죠. 내가 널 원래 있던 곳에 데려다줄 거야. 그렇지, 프랭크? 애리조나의 야생으로 말이야.

뉴트가 희망과 기대에 찬 얼굴로 프랭크의 머리를 끌어안는다. 그러고 나서 뉴트는 씩 웃으며 애벌레 한 움큼을 하늘 높이 던져 올린다. 프랭크가 애벌레를 쫓아 장대하게 솟아오르자 날개에서 햇빛이 쏟아진다.

뉴트는 사랑과 긍지를 담아 프랭크가 날아다니는 모습을 지켜본다. 그런 다음 몸을 돌려 양손을 입가에 대고는 가방 안 다른 구역을 향해 짐승처럼 포효한다.

뉴트가 제이콥을 지나치며 고기가 담긴 양동이를 낚아챈다. 제이콥은 그를 따라가려다 독시 몇 마리가 윙윙대며 머리 주변을 날아다니는 통에 비틀거린다. 멍해진 제이콥은 앞을 가로막는 독시들을 손을 휘저어 쫓아낸다. 제이콥의 뒤로는 커다란 쇠똥구리가 엄청나게 큰 똥 덩어리를 굴리고 있다.

뉴트가 크게 울부짖는 소리가 다시 들려온다. 제이콥이 소리 나

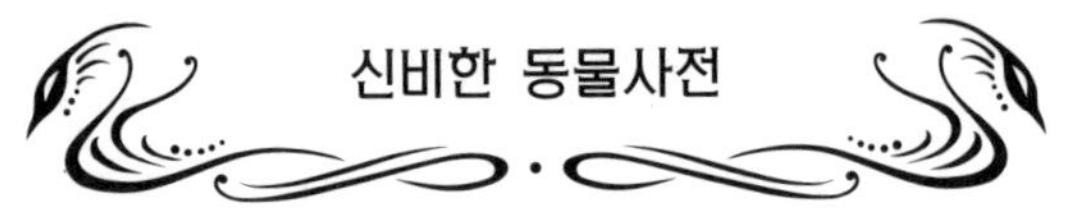

는 곳을 향해 서둘러 가 보니 뉴트가 모래로 뒤덮인 달빛 밝은 땅에 서 있다.

뉴트

(낮은 목소리로)

아… 저기 오네요.

제이콥

누가 이리 와요?

뉴트

그래폰이요.

커다란 생명체가 두 사람의 시야로 달려 들어온다. 생김새가 검치호와 비슷하지만 끈적한 촉수가 입에 달려 있는 그래폰이다. 제이콥이 비명을 지르며 뒤로 물러나려 하지만 뉴트가 그의 팔을 잡아 멈춰 세운다.

뉴트

괜찮아요. 괜찮아.

그래폰이 뉴트에게 더 가까이 다가온다.

뉴트

(그래폰을 쓰다듬으며)

안녕, 안녕!

그래폰의 기이하고 끈적거리는 촉수가 뉴트의 어깨에 놓인다. 꼭 뉴트를 끌어안는 것만 같다.

뉴트

살아남은 마지막 암수 한 쌍이에요. 가까스로 구해 내지 못했으면 그래폰은 그걸로 끝장났을 거예요. 영원히.

더 어린 그래폰이 빠른 걸음으로 곧장 제이콥에게 다가오더니 신기한 듯 제이콥 주변을 빙글빙글 돌며 그의 손을 핥기 시작한다. 제이콥은 그래폰을 뚫어지게 내려다보다가 부드럽게 손을 뻗어 머리를 토닥여 준다. 뉴트는 기뻐하며 제이콥을 지켜본다.

뉴트

좋아.

뉴트가 고기 한 조각을 우리 안에 던져 넣자, 그 어린 그래폰이 잽싸게 쫓아가 먹어 치운다.

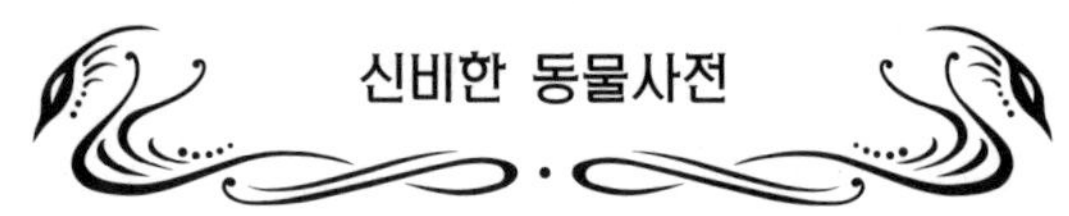

제이콥

그러니까 그쪽은…, 그쪽은 이런 생명체들을 구해내는 일을 하는 거예요?

뉴트

네, 맞아요. 구하고 보살피고 보호하죠. 그리고 동료 마법사들에게 이 생명체들에 관해 교육하려고 조심스럽게 노력하고요.

밝은 분홍색의 아주 작은 새, 프우퍼가 두 사람을 지나쳐 날아가더니 공중에 매달린 작은 횃대에 앉는다.

뉴트는 계단이 있는 작은 경사로를 오른다.

뉴트

(제이콥에게)

이리 오세요.

둘은 대나무 숲으로 들어가 나무 사이를 이리저리 헤치며 나아간다. 뉴트가 소리쳐 부른다.

뉴트

타이터스? 핀? 포피, 말로, 톰?

뉴트가 부른 생명체들이 햇빛이 비치는 작은 공터에 나타난다. 뉴트는 피켓을 주머니에서 꺼내 손에 앉힌다.

뉴트
(제이콥에게)
피켓이 감기에 걸렸거든요. 체온으로 좀 따뜻하게 해 줘야 했어요.

제이콥
저런.

그들은 햇빛을 듬뿍 받고 있는 작은 나무를 향해 걸어간다. 이들이 가까이 다가가자 보우트러클 한 무리가 재잘거리며 나뭇잎 바깥으로 재빨리 몰려나온다.

뉴트가 나무 쪽으로 팔을 뻗으며 무리에 다시 합류하도록 피켓을 설득하려 한다. 보우트러클들은 피켓을 보자 시끄럽게 딸깍거리는 소리를 낸다.

뉴트
옳지, 뛰어 올라가.

피켓은 뉴트의 팔을 떠나지 않겠다고 고집을 부린다.

뉴트

(제이콥에게)

보시다시피 애착 문제가 좀 있습니다.

(피켓에게)

이젠 말 좀 들어, 피켓. 피켓. 아냐, 얘들도 널 괴롭히지 않을 거야…. 자, 어서. 피켓!

피켓은 가늘고 긴 꼬챙이 같은 두 손으로 뉴트의 손가락에 매달리며 나무로 돌아가지 않으려고 안간힘을 쓴다. 뉴트가 마침내 포기한다.

뉴트

알았어. 근데 이러니까 저 녀석들이 자꾸 나더러 편애한다고 하잖아….

뉴트는 피켓을 어깨에 올려놓고 돌아선다. 커다랗고 둥근, 텅 빈 둥지를 보는 뉴트의 표정이 걱정스러워 보인다.

뉴트

두걸이 어디로 사라졌는지 모르겠네.

근처 둥지에서 짹짹대는 소리가 들린다.

뉴트

알았어, 간다…. 간다고, 엄마 여기 있지. 엄마 여기 있어요.

뉴트는 둥지 안으로 손을 집어넣어 새끼 오캐미를 두 손으로 떠올린다.

뉴트

하하, 안녕. 어디 한번 보자.

제이콥

나, 얘들 알아요.

뉴트

갓 태어난 오캐미예요.
(제이콥에게)
코왈스키 씨의 오캐미죠.

제이콥

뭐라고요? 내 오캐미요?

뉴트

네. 원하신다면….

뉴트는 오캐미를 제이콥에게 내민다.

제이콥

와 이런…. 네, 당연히 좋죠. 자…. 아하.

제이콥은 갓 태어난 오캐미를 두 손으로 부드럽게 들고서 가만히 바라본다. 오캐미의 머리를 쓰다듬으려고 하자 오캐미가 그를 살짝 깨물려 든다. 제이콥이 깜짝 놀라 물러난다.

뉴트

아, 안 돼요. 죄송하지만 쓰다듬지 마세요. 얘들은 어릴 적부터 자기를 지키는 방법을 배우거든요. 보시다시피 알껍데기가 은으로 되어 있어서 가치가 어마어마하기 때문이죠.

뉴트는 둥지에 있는 다른 새끼 오캐미들에게 먹이를 준다.

제이콥

그렇군요….

뉴트

사냥꾼들이 종종 오캐미 둥지를 약탈하죠.

뉴트는 제이콥이 자신의 생명체들에게 흥미를 보이자 매우 기뻐하며 새끼 오캐미를 돌려받아 둥지에 넣는다.

제이콥

고마워요.

(쉰 목소리로)

스캐맨더 씨?

뉴트

뉴트라고 부르세요.

제이콥

뉴트…. 이건 꿈이 아닌 것 같아요.

뉴트

(조금 재미있어 하며)

어쩌다 들켰지?

제이콥

나한테는 이만한 상상력이 없거든요.

뉴트가 제이콥을 바라본다. 두 사람은 아주 흥미로워하며 으쓱해한다.

뉴트

저기 문카프들한테 먹이 좀 던져 주시겠어요?

제이콥

네, 물론이죠.

제이콥이 허리를 숙여 먹이가 담긴 양동이를 들어 올린다.

뉴트

바로 저긴데요….

뉴트는 근처의 손수레를 끌고 가방 속 더 먼 곳으로 향한다.

뉴트

(짜증을 내며)

제기랄, 니플러가 없어졌어요. 그러면 그렇지, 이 망할 녀석. 반짝거리는 물건에 손댈 기회만 생기면.

제이콥이 가방 속을 걸어오자, 작은 나무에서 황금색 '잎사귀' 같은 게 떨어지더니 그것들이 무리를 이루어 카메라 쪽으로 움직인다. 우글거리며 위로 올라간 그 나뭇잎들이 허공에 떠다니는 독시, 글로우버그, 그라인딜로우 등과 한데 섞인다.

카메라가 팬 업하자 참으로 아름다운 또 다른 생명체 눈두가 모습을 드러낸다. 사자와 흡사하지만, 눈두에게는 포효할 때마다 팍 튀어나오는 풍성한 갈기가 있다. 눈두는 거대한 바위 위에 위풍당당하게 서서 달을 향해 울부짖고 있다. 뉴트는 눈두의 발치에 먹이를 뿌려 주고 과감하게 걸어간다.

작고 통통한 새 디리코울이 전경에서 뒤뚱뒤뚱 걸어가고 계속해서 순간이동을 하는 새끼 디리코울들이 그 뒤를 따른다. 제이콥은 풀로 뒤덮인 가파른 비탈을 기어오른다.

제이콥
(혼잣말로)
오늘은 어떻게 지내셨나요, 제이콥 씨? 아, 저는 가방 속에 들어가 있었죠.

비탈 꼭대기에 오른 제이콥의 눈에 달빛 비추는 커다란 바위 표면에 빽빽이 늘어선 자그마한 문카프들이 들어온다. 문카프들은 수줍음이 많고 커다란 눈이 얼굴을 꽉 채우고 있다.

제이콥
어이! 아, 안녕, 친구들. 알았어, 알았어.

문카프들이 바위에서 제이콥을 향해 깡충거리며 뛰어내리자, 제이콥은 갑자기 친근하고 기대감에 찬 문카프들의 얼굴에 둘러싸인다.

제이콥

천천히, 천천히.

제이콥이 먹이를 던져 주자, 문카프들은 고개를 위아래로 열심히 까닥인다. 제이콥은 눈에 띄게 상태가 좋아진 것 같다. 그는 이곳에서의 시간을 진심으로 즐기고 있다….

카메라가 뉴트를 비춘다. 그는 외계인처럼 생긴 덩굴손을 틔워 내고 있는, 발광성 생물을 품에 안고 있다. 뉴트는 그 생물에게 병째로 먹이를 먹이면서, 한편으로는 제이콥이 문카프를 다루는 모습을 주의 깊게 지켜보고 있다. 뉴트는 제이콥에게서 동질감을 느낀다.

제이콥

(아직도 문카프들에게 먹이를 주면서)

잘했어, 귀염둥아. 아, 여기 있어.

근처에서 얼음장 같은 울음소리가 울려 퍼진다.

제이콥

(뉴트에게)

들었어요?

하지만 뉴트는 사라지고 없다. 제이콥이 몸을 돌리자 커튼이 바

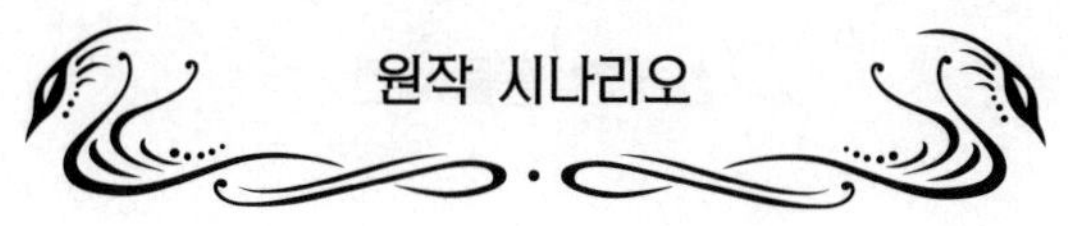

람에 일렁이며 열리더니 그 너머로 설경이 드러나 보인다.

카메라가 허공에 떠 있는, 기름 성분의 작은 검은 덩어리를 향해 전진한다. '옵스큐러스'다. 제이콥은 흥미로워하며 좀 더 가까이서 살펴보려고 설경 속으로 들어간다. 덩어리는 연신 소용돌이치는 가운데 뭔가 문제를 감지한 듯 들썩이며 에너지를 방출한다. 제이콥이 손을 뻗어 만져 보려 한다.

뉴트 (O.S.)
(날카롭게)
물러나요.

제이콥이 흠칫 놀란다.

제이콥
깜짝이야….

뉴트
물러나요….

제이콥
이건 왜 이래요?

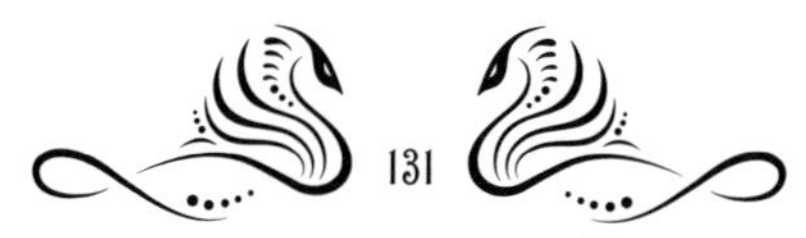

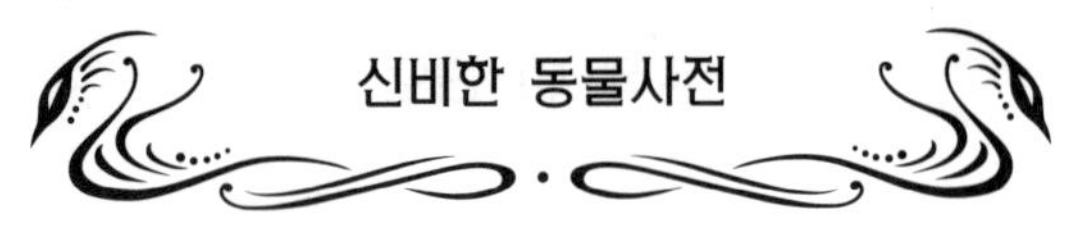

뉴트

물러나라고 했어요.

제이콥

도대체 이게 뭔데요?

뉴트

옵스큐러스라는 겁니다.

제이콥이 뉴트를 바라본다. 뉴트는 잠시 나쁜 몽상에 젖어 있다. 뉴트가 갑자기 몸을 돌려 오두막 쪽으로 향한다. 말투는 좀 더 차갑고, 동작은 좀 더 효율적이다. 그는 가방 안에서 노는 것을 더 이상 즐기지 않는다.

뉴트

움직여야겠어요. 탈출한 애들이 다치기 전에 모두 찾아야죠.

두 사람은 또 다른 숲에 들어선다. 뉴트는 임무에 돌입한 것처럼 숲을 헤치고 나아간다.

제이콥

애들이 다치기 전에?

뉴트

네, 코왈스키 씨. 아시겠지만 걔들은 지금 낯선 영역에 와 있어요. 게다가 지구상에서 가장 악랄한 생명체 수백만에게 둘러싸여 있으니까요.

(잠시 후)

인간 말입니다.

뉴트는 다시 한 번 멈춰 서서, 거대한 대초원 울타리 안을 뚫어지게 바라본다. 이곳은 동물이 한 마리도 없이 비어 있다.

뉴트

광활하고 탁 트인 평야랑 나무, 물구덩이…, 뭐 그런 걸 좋아하는 중간 크기의 동물이라면요, 그런 녀석이라면 어디로 갔을까요?

제이콥

뉴욕시에서요?

뉴트

네.

제이콥

평야라고요?

제이콥은 어딘지 떠올리려고 애쓰며 어깨를 으쓱한다.

제이콥

어… 센트럴 파크?

뉴트

그게 정확히 어딨죠?

제이콥

센트럴 파크가 어딨냐고요?

짧은 침묵.

제이콥

음 글쎄요, 내가 같이 가서 보여 주면 좋은데, 좀 배신이라는 생각 안 들어요? 여자 분들이 우리를 집에 들어오게 해 줬잖아요. 따뜻한 코코아까지 타 주고….

뉴트

코왈스키 씨가 더 이상 땀 흘리지 않는다는 걸 알아차리는 순간, 그 사람들이 눈 깜짝할 사이에 망각 주문을 걸어 버릴 거라는 건 알고 있는 거죠?

제이콥

'맘각쭈문'이 뭔데요?

뉴트

정신 차려 보면 마법에 대한 모든 기억이 사라져 있을 거란 얘깁니다.

제이콥

이런 걸 하나도 기억할 수 없게 된다고요?

제이콥은 주변을 둘러본다. 이 세상은 너무 멋지다.

뉴트

네.

제이콥

그래요, 네…. 알겠어요. 도와 드리죠.

뉴트

(양동이를 집어 들며)

그럼 가시죠.

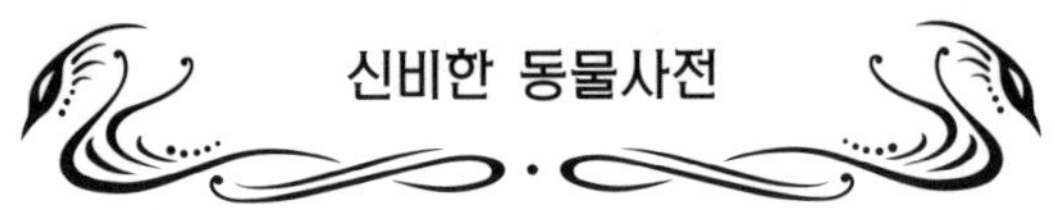

SCENE 48

실외 / 실내. 제2의 세일럼 교회 바깥 거리. 밤.

크레덴스가 교회 쪽으로 걸어서 귀가한다. 전보다 기분이 좋아 보인다. 그레이브스와의 만남이 그에게 위안이 되었다.

크레덴스는 천천히 교회 안으로 들어가 쌍여닫이 문을 조용히 닫는다.

채스터티가 부엌에서 그릇의 물기를 닦고 있다.

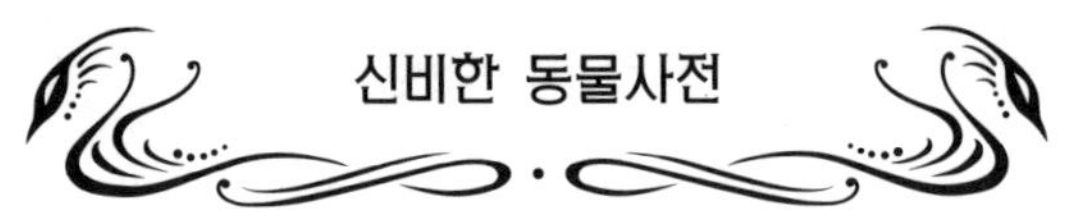

메리 루는 어둑어둑한 계단에 앉아 있다. 크레덴스가 메리 루의 존재를 감지하고 멈칫한다. 그의 얼굴이 공포에 질린다.

메리 루

크레덴스, 어디 갔다 온 거니?

크레덴스

전… 내일 집회 장소를 찾아보고 있었어요. 32번가에 모퉁이가 있는데 거기서라면….

빙 돌아 계단 아래까지 간 크레덴스는 메리 루의 엄한 표정을 보고는 입을 다문다.

크레덴스

죄송해요, 어머니. 이렇게 늦은 줄 몰랐어요.

자동 조종된 듯이 크레덴스는 허리띠를 푼다. 메리 루가 자리에서 일어나 손을 내밀어 허리띠를 받아 든다. 침묵 속에서 메리 루는 몸을 돌려 계단을 오르고, 크레덴스는 고분고분하게 뒤따른다.

모데스티가 계단 아래로 가서 두 사람이 올라가는 모습을 지켜본다. 얼굴에 두려움과 속상함이 떠올라 있다.

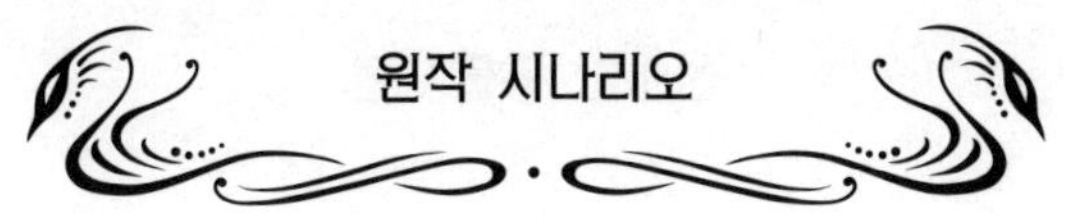

SCENE 49

실외. 센트럴 파크. 밤.

센트럴 파크 한가운데에 있는 얼어붙은 커다란 연못. 아이들이 스케이트를 타고 있다. 한 남자아이가 넘어진다. 여자아이가 도와주려고 다가와 둘이 손을 잡는다.

둘이 막 일어서려는데, 얼음 아래에서 불빛이 비친다. 우르릉대는 굵직한 소리가 울려 퍼진다. 아이들은 발밑의 얼음판 아래로 빛나는 짐승이 미끄러져 멀찍이 사라지는 모습을 빤히 바라본다.

SCENE 50

실외. 다이아몬드 지구. 밤.

뉴트와 제이콥은 센트럴 파크로 가는 도중 인적 드문 또 다른 거리를 따라 걷는다. 주변의 상점들은 값비싼 장신구와 다이아몬드, 보석 들로 가득하다. 뉴트는 가방을 들고서 작은 움직임이라도 잡아 내려는 듯 그림자들을 쓱 훑어본다.

뉴트

아까 저녁 먹으면서 코왈스키 씨를 지켜봤는데요.

제이콥

네.

뉴트

사람들한테 인기 있지 않나요, 코왈스키 씨?

제이콥

(깜짝 놀라)

어… 뭐, 난…. 당신도 인기 많을 것 같은데요. 맞죠?

뉴트

(아무렇지 않게)

아뇨, 별로 안 그래요. 전 사람들을 짜증나게 하거든요.

제이콥

(어떻게 대답해야 할지 몰라)

아.

뉴트는 제이콥에게 대단히 흥미를 느끼는 듯하다.

뉴트

왜 빵집을 하려고 해요?

제이콥

아, 그게, 음…. 그놈의 통조림 공장에 있다가는… 죽을 것 같아서요.

(뉴트의 시선을 느끼고)

그 공장 다니는 사람은 다들 죽어 가요. 공장은 사람 인생을 부숴 버리거든요. 통조림 식품 좋아해요?

뉴트

아뇨.

제이콥

나도 싫어요. 뭐랄까, 그래서 페이스트리를 만들고 싶은 거죠. 페이스트리는 사람들에게 행복을 안겨 주니까요. 이쪽이에요.

제이콥이 오른쪽으로 방향을 튼다. 뉴트가 따라간다.

뉴트

그래서 대출은 받았나요?

제이콥

어, 아뇨. 담보 잡힐 만한 게 전혀 없거든요. 아무래도 군대에 너무 오래 있었나 봐요…. 잘 모르겠네요.

뉴트

아니, 전쟁에 나갔단 말이에요?

제이콥

당연히 전쟁에 나갔죠. 다들 그랬잖아요. …당신은 안 나갔어요?

뉴트

나는 주로 용들을 연구했어요. 우크라이나 아이언벨리 종이었는데…. 동부전선에서요.

뉴트가 갑자기 멈추어 선다. 자동차 보닛 위에 놓인 반짝이는 작은 귀걸이를 발견한 것이다. 뉴트가 아래쪽을 살핀다. 인도에 흩뿌려진 다이아몬드가 어느 다이아몬드 상점 창문까지 이어져 있다.

뉴트는 숨죽여 그 흔적을 쫓으며 살금살금 상점 진열창 여러 개를 지난다. 뭔가가 눈에 띄자 갑자기 그가 멈추어 선다. 아주 천천히, 그는 발끝으로 뒷걸음친다.

니플러가 진열창 안에 서 있다. 몸을 숨기려고 보석 진열대를 가장해 짧은 두 팔을 쭉 뻗어 다이아몬드를 잔뜩 걸치고 있다.

뉴트는 믿을 수 없다는 듯 니플러를 빤히 바라본다. 뉴트의 눈초리를 감지하고 니플러가 천천히 돌아선다. 둘의 눈이 마주친다.

잠시 정적.

갑자기 니플러가 움직인다. 가게 안쪽으로 허둥지둥 달아나 뉴트로부터 멀어진다. 뉴트가 휙 지팡이를 꺼내 든다.

뉴트
피네스트라.

창유리가 산산조각 나자 뉴트는 안으로 뛰어 들어가 서랍과 찬장을 마구 헤집어 가며 니플러를 잡으려고 안달복달한다. 제이콥은 뉴트를 보고 아연실색해 거리 저편을 바라본다. 외부인의 눈에는 꼭 다이아몬드 상점을 털고 있는 것처럼 보인다.

니플러가 모습을 드러내더니, 더 높이 올라가 뉴트의 손길을 벗어나고자 그의 어깨를 허둥지둥 타고 넘는다. 뉴트는 니플러를 쫓아 책상 위로 뛰어오르지만, 니플러는 이제 크리스털 샹들리에 위에서 균형을 잡고 있다.

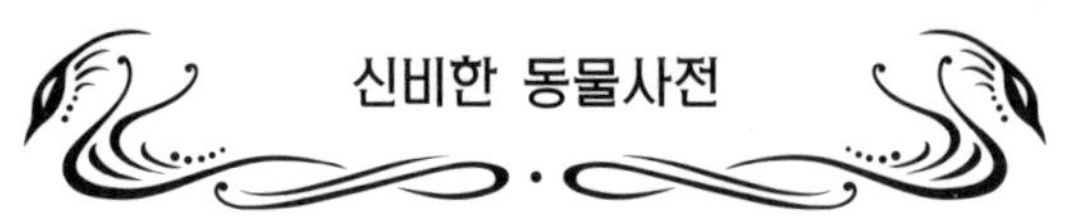

뉴트는 손을 뻗다가 발을 헛디디고 만다. 이제 뉴트와 니플러 모두 샹들리에에 매달린 채 빙글빙글 원을 그리며 세차게 흔들린다.

제이콥은 초조하게 거리를 둘러보며 상점 안에서 나오는 혼란스러운 소리를 누가 듣지 않았는지 살피고 있다.

마침내 샹들리에가 바닥에 떨어져 박살 난다. 니플러가 곧바로 다시 일어나 장신구로 가득한 케이스를 기어오른다. 뉴트가 그 뒤를 열심히 쫓는다.

뉴트 가방의 자물쇠가 풀리며 안에서 울부짖는 소리가 들린다. 제이콥은 겁에 질려 가방 쪽을 바라본다.

니플러와 뉴트는 계속해서 추격전을 벌인 끝에 장신구 케이스 위로 기어오른다. 케이스가 둘의 무게를 버텨 내지 못한다. 둘 다 꼭대기에 올라가자 케이스가 넘어가다가 진열창 유리에 닿아 멈춘다. 뉴트와 니플러 둘 다 아주 가만히 있는다….

제이콥은 심호흡을 하고 가방 자물쇠를 잠그려고 천천히 걸어 나간다.

갑자기 창문에 금이 가기 시작한다. 뉴트는 통유리 전체로 금이 번져 가는 모습을 지켜본다. 마침내 창문이 와장창 깨져 보도 위에 산산조각 난다. 뉴트와 니플러가 쾅 소리를 내며 바닥으로 나

가떨어진다.

니플러는 잠깐 동안만 가만히 있다가 거리를 따라 쏜살같이 도망친다. 뉴트가 재빨리 정신을 차리고 지팡이를 꺼내 든다.

뉴트
아씨오!

니플러가 슬로모션으로 뉴트를 향해, 그를 등진 채 날아온다. 날아가는 동안, 니플러는 지금까지 본 것 중 가장 번쩍이는 쇼윈도를 곁눈질로 본다. 니플러의 눈이 휘둥그레진다. 니플러가 뉴트와 제이콥 쪽으로 날아가는 동안 녀석의 주머니에서 장신구가 떨어지자 두 사람은 니플러를 잡으러 달려가며 그 장신구를 요리조리 피한다.

가로등 기둥을 지날 때 니플러는 한쪽 팔을 뻗어 기둥을 잡고 빙빙 돌다가 뉴트가 만들어 놓은 공전 궤도에서 벗어나 번쩍이는 유리창을 향해 계속 날아간다. 뉴트는 계속 니플러를 쫓아 쇼윈도 쪽으로 간다. 뉴트가 창문을 향해 주문을 걸자 창문이 끈적끈적한 젤리로 변해 마침내 니플러를 잡는다.

뉴트
(니플러에게)
이제 됐냐? 좋아?

온갖 장신구를 뒤집어쓴 뉴트가 니플러를 창문에서 떼어 낸다.

배경에서 경찰차 사이렌 소리가 들린다.

뉴트
하나 잡았고, 앞으로 두 녀석.

경찰차가 서둘러 거리를 달려온다.

뉴트는 다시 한 번 니플러를 흔들어 주머니에서 다이아몬드를 전부 털어 낸다.

경찰차 여러 대가 멈추어 서더니 경찰관들이 달려 나와 뉴트와 제이콥에게 총을 겨눈다. 제이콥도 보석을 뒤집어쓴 채 항복의 표시로 두 손을 들어 올린다.

제이콥
저쪽으로 갔어요, 경관님….

경찰관 1
손 들어!

니플러는 뉴트의 코트 안에 쑤셔 넣어진 채로 조그만 코를 삐죽 내밀고는 끽끽거린다.

경찰관 2

저건 도대체 뭐야?

급히 왼쪽을 본 제이콥의 얼굴이 공포에 질린다.

제이콥

(더듬거리며 겨우)

사자네요….

잠시 후, 누가 먼저랄 것도 없이 경찰관들은 길 끝을 향해 눈과 총구를 일제히 돌린다.

당혹한 뉴트도 그쪽을 바라본다. 사자 한 마리가 그들을 향해 다가오고 있다.

뉴트

(침착하게)

저기, 뉴욕은 기대했던 것보다 훨씬 더 흥미롭네요.

경찰들이 뒤돌아볼 틈도 없이, 뉴트는 제이콥을 잡아채 순간이동으로 함께 사라진다.

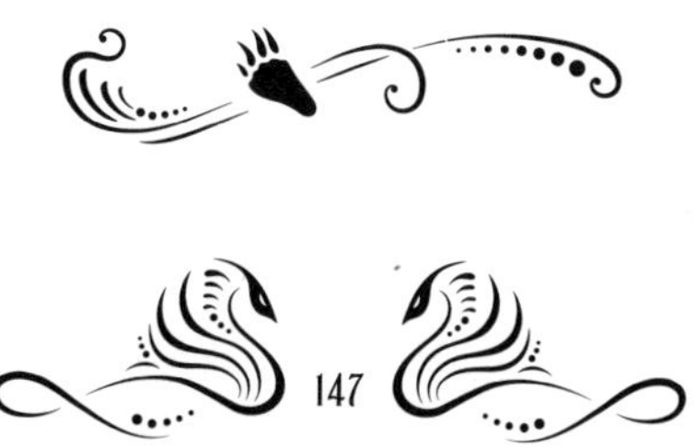

SCENE 51

실외. 센트럴 파크. 밤.

뉴트와 제이콥이 서리로 뒤덮인 공원을 서둘러 가로지른다.

다리를 건너던 두 사람은 하마터면 정신없이 달려와 그들을 지나쳐 가는 타조에게 들이받칠 뻔한다.

멀리서 크게 우르릉대는 소리가 들려온다.

뉴트는 주머니에서 머리 보호 장구를 끄집어내더니 제이콥에게 건넨다.

뉴트

쓰세요.

제이콥

왜… 왜 이런 걸 써야 하는 겁니까?

뉴트

그쪽 두개골은 강한 충격을 받으면 부서져 버릴 테니까요.

뉴트는 계속 달린다. 제이콥은 완전히 공포에 질린 채 보호 장구

를 머리에 쓰고 뉴트를 따라 뛴다.

SCENE 52

실외. 골드스틴의 집. 밤.

티나와 퀴니는 침실 창문 밖 어둠 속으로 몸을 길게 내민다. 또 한 번 우렁찬 포효가 겨울밤을 뚫고 떠나갈 듯 울린다. 다른 창문들이 열리고 이웃들이 졸린 눈으로 도시를 내려다본다.

SCENE 53

실내. 골드스틴의 집. 밤.

티나와 퀴니는 제이콥과 뉴트가 잠들어 있어야 할 침실로 뛰어 들어간다. 두 남자의 흔적이 모두 사라졌다. 티나는 격분하여 옷을 입으러 방을 나선다. 퀴니는 상심한 듯하다.

퀴니

아니, 우리가 코코아까지 타 줬는데….

SCENE 54

실외. 센트럴 파크 동물원. 밤.

뉴트와 제이콥은 이제 반쯤 비어 버린 동물원으로 달려간다. 외벽 곳곳이 무너져 있다. 커다란 돌무더기가 입구에 쌓여 있다.

또 한 번 우렁찬 포효가 벽돌 건물 주변에 울려 퍼진다. 뉴트가 가슴 보호대를 꺼낸다.

뉴트

네, 그냥, 어, 이걸 걸치면 돼요.

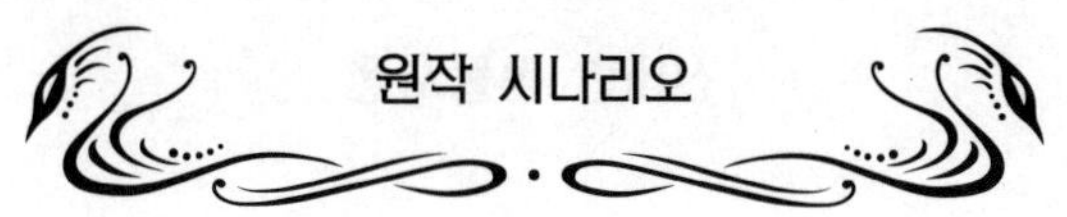

뉴트는 제이콥 뒤에 서서 제이콥에게 가슴 보호대를 채워 준다.

제이콥

알겠어요.

뉴트

이제 걱정할 거 하나도 없습니다.

제이콥

근데… 걱정 말라는 당신 말을 믿은 사람이 한 명이라도 있나요?

뉴트

걱정하면 고통도 두 배라는 게 내 철칙이라서요.

제이콥은 뉴트의 '지혜'를 곱씹어 본다.

뉴트는 가방을 집어 들고, 제이콥은 뉴트를 따라간다. 돌더미와 잔해에 발이 걸려 휘청거린다.

두 사람은 동물원 입구에 선다. 안쪽에서 커다란 콧바람 소리가 들려온다.

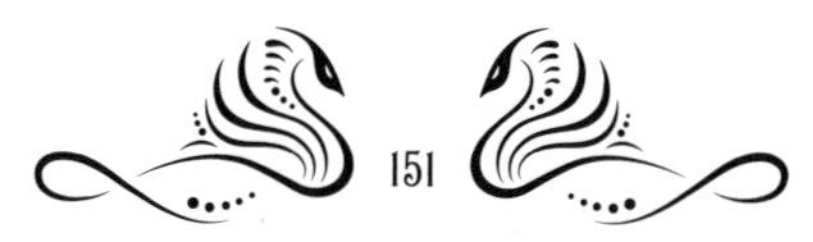

뉴트

지금 발정기예요. 짝짓기를 해야 하죠.

카메라가 에럼펀트를 비춘다. 거대하고 통통하며 코뿔소 같은 생김새에 거대한 뿔이 이마에 돋아나 있다. 에럼펀트는 잔뜩 겁에 질린 하마의 우리에 코를 비벼 대고 있는데, 덩치가 하마의 다섯 배는 된다.

뉴트는 액체가 담긴 아주 작은 약병을 꺼내 이로 마개를 뜯어서 옆에 뱉더니, 양 손목에 액체를 한 방울씩 찍어 바른다. 제이콥이 그를 바라본다. 톡 쏘는 냄새가 난다.

뉴트

에럼펀트 머스크예요. 이 냄새에 사족을 못 쓰죠.

뉴트는 제이콥에게 열린 병을 건네주고는 동물원 안으로 향한다.

시간 경과:

뉴트가 에럼펀트와 가까운 바닥에 가방을 내려놓고는 천천히, 유혹하듯 가방을 연다.

뉴트는 에럼펀트의 관심을 끌고자 '짝짓기 의식'을 선보이기 시작한다. 꿀꿀거리고 씰룩대며 바닥에서 몸을 굴리고 신음 소리

를 내는 연기가 이어진다.

마침내 에럼펀트가 하마에게서 눈을 돌려 뉴트에게 관심을 보인다. 둘은 서로를 마주 보고 서서 기묘하게 물결치듯 원을 그리며 돈다. 에럼펀트는 하는 짓이 강아지같고, 뿔은 주황색으로 빛난다.

뉴트는 바닥을 구른다. 에럼펀트도 뉴트를 따라 하며 점점 더 열려 있는 가방으로 접근한다.

뉴트
착하지…. 어서…. 가방 안으로….

제이콥은 에럼펀트 머스크를 한 번 들이마신다. 그 순간 물고기 한 마리가 허공에서 떨어져 제이콥이 깜짝 놀라는 바람에 머스크가 흘러나온다.

바람의 방향이 바뀐다. 나무가 부스럭댄다. 에럼펀트가 숨을 깊이 들이마시자, 제이콥에게서 새롭고 짙은 향기가 풍겨 온다.

제이콥은 주위를 둘러본다. 바다표범 한 마리가 죄 지은 표정으로 제이콥 뒤에 앉아 있다가 뻔뻔스럽게 도망친다.

제이콥이 다시 몸을 돌리자 에럼펀트가 발을 딛고 일어서서 자신

을 뚫어지게 바라보는 모습이 눈에 들어온다.

카메라가 뉴트와 제이콥을 비춘다. 두 사람은 이제 무슨 일이 벌어질지 알아차린다.

원래의 장면으로 돌아와서:

에럼펀트가 미친 듯 포효하며 냄새가 나는 곳을 향해 돌격한다. 제이콥은 반대 방향으로 최선을 다해 뛰면서 울부짖는다. 에럼펀트가 뒤쫓는다. 둘은 돌무더기와 얼어붙은 연못을 뚫고 나가며 눈으로 뒤덮인 공원을 가로질러 달린다.

뉴트가 지팡이를 꺼내 든다.

뉴트

레파로….

말을 마치기도 전에, 비비 한 마리가 뉴트의 손에서 지팡이를 휙 낚아채, 상품이라도 타 낸 듯 꽉 쥐고 도망친다.

뉴트

멀린의 턱수염 같으니!

카메라가 제이콥을 비춘다. 탱크처럼 달려 나가는 제이콥을 에럼

펀트가 바짝 뒤쫓는 중이다.

카메라가 뉴트를 비춘다. 뉴트는 호기심 많은 비비와 얼굴을 마주 보고 있고 비비는 뉴트의 지팡이를 살펴보는 중이다.

뉴트는 나무에서 잔가지 하나를 꺾어서 내밀며 지팡이와 바꾸자고 애써 비비를 설득한다.

뉴트
완전히 똑같잖아…. 같은 거라고.

다시 제이콥:

나무를 오르려 시도하던 제이콥은 결국 위태롭게 나뭇가지에 거꾸로 매달리고 만다.

제이콥
(고함을 지르며, 겁에 질려)
뉴트!

제이콥 아래로 에럼펀트가 보인다. 에럼펀트는 등을 깔고 누운 채 허공에 대고 발을 버둥거리고 있다.

카메라가 다시 뉴트를 비춘다. 비비가 뉴트의 지팡이를 흔든다.

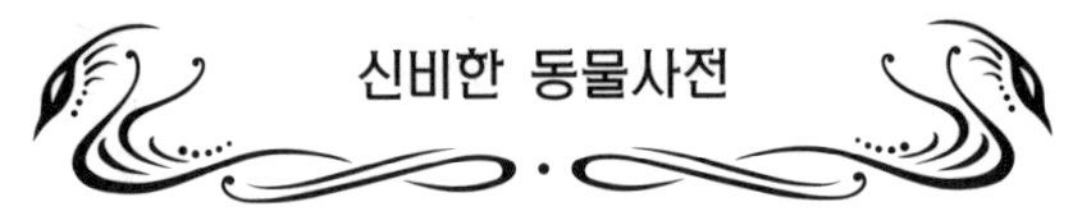

뉴트
안 돼, 안 돼, 안 돼, 하지 마!

뉴트는 걱정스러운 얼굴이다. **쾅!** 지팡이에서 마법이 '발사'되며 비비를 뒤로 쓰러뜨린다. 지팡이가 다시 뉴트에게 날아온다.

뉴트
정말 미안해….

카메라가 제이콥을 비춘다. 이제 에럼펀트는 일어서 있다. 에럼펀트는 나무를 향해 돌격해 뿔을 나무 몸통 깊숙이 박아 넣는다. 나무가 반짝이는 액체로 부글부글 끓어오르더니 결국 폭발해 바닥에 쓰러진다.

제이콥은 나가떨어져서 눈으로 뒤덮인 가파른 언덕을 굴러 내려가다가 그 아래 얼어붙은 호수에 추락한다.

에럼펀트가 그를 향해 돌진하다가 얼음을 딛고 미끄러진다. 언덕을 질주해 내려오던 뉴트도 얼음을 딛는다. 뉴트는 가방을 연 채 운동선수처럼 슬라이딩한다. 제이콥과의 거리가 겨우 30센티미터 남짓밖에 안 되었을 때 가방이 에럼펀트를 삼킨다.

뉴트
멋진 쇼였습니다, 코왈스키 씨!

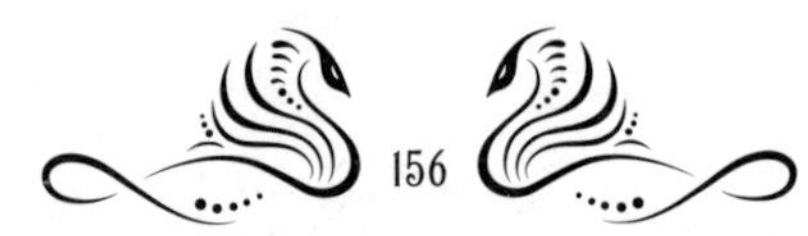

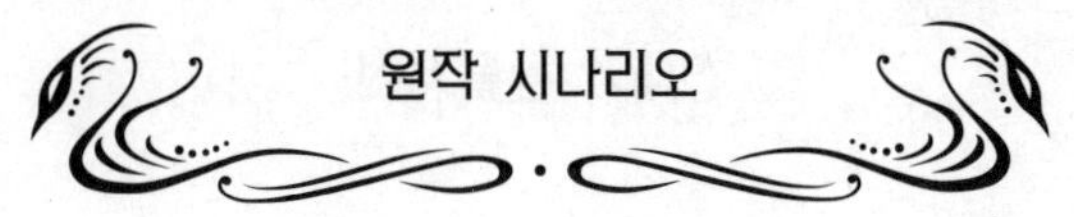

제이콥이 악수를 청하며 손을 내민다.

제이콥
제이콥이라고 불러요.

둘은 악수한다.

3인칭 시점: 뉴트가 제이콥을 힘겹게 일으키는 모습과 두 사람이 전속력으로 얼어붙은 호수를 미끄러지듯 건너가는 모습을 누군가가 지켜본다.

뉴트
자, 둘 잡았으니 하나 남았어요.

카메라는 두 사람의 머리 위 다리에서 몸을 숙인 채 아래를 몰래 내려다보는 티나를 계속 비춘다.

뉴트 (O.S.)
(제이콥에게)
들어가세요.

다리 아래에 가방만 덩그러니 남아 있는 모습이 보인다.

티나가 모퉁이에서 재빨리 모습을 드러내더니 황급히 가방 위

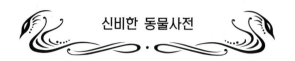

에 앉는다. 매우 놀란 듯하면서도 단호한 표정으로 티나는 자물쇠를 채운다.

사회자 (V.O.)
신사 숙녀 여러분….

SCENE 55

실내. 시청. 밤.

정교하게 장식된 커다란 홀 전체가 애국적인 상징들로 뒤덮여 있다. 화려한 옷을 차려입은 사람들 수백 명이 원탁 여러 개에 옹기종기 둘러앉아 저 끝의 단상을 바라보고 있다. 단상 위에는 '미국의 미래'라는 슬로건이 쓰인 쇼 상원 의원의 커다란 포스터가 걸려 있다.

사회자가 마이크 뒤에 서 있다.

사회자
…오늘 밤 기조연설을 해 주실 분은 제가 따로 소개할 필요도 없죠. 차기 대통령으로 물망에 오르내리는 분입니다. 제 말이 믿기지 않는다면 그냥 이분 아

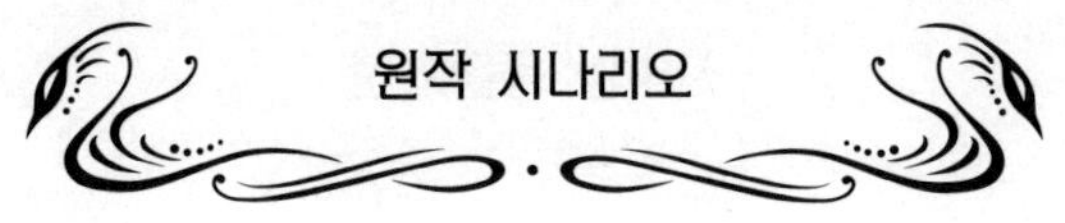

버지의 신문을 읽어 보시죠.

군중이 너그럽게 웃어넘긴다. 쇼 시니어와 랭던이 원탁에 자리 잡고 앉아 있는 모습이 보인다. 둘은 뉴욕 상류 사회의 최고 인사들에 둘러싸여 있다.

사회자
…신사 숙녀 여러분, 뉴욕의 상원 의원 헨리 쇼 씨를 소개합니다!

떠들썩한 박수갈채. 쇼 상원 의원이 힘차게 뛰어나간다. 그는 환호에 답하며, 청중 가운데 아는 이에게 손짓하고 윙크도 하면서 계단을 오른다.

SCENE 56

실외. 어두운 거리. 밤.

뭔가가 거리를 쏜살같이 지나간다. 인간이라고 하기에는 너무 크고 빠르다. 기이하고도 힘겨운 숨소리와 으르렁거리는 소리. 인간이 아닌, 짐승 같다.

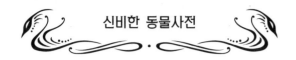

SCENE 57

실외. 시청 근처 거리. 밤.

티나가 가방을 꽉 움켜쥐고 서둘러 걸어가고 있다. 티나 주변의 가로등이 꺼지기 시작한다. 티나는 그 자리에 멈춰 선다. 어둠 속에서 뭔가가 지나가는 게 느껴진다. 티나는 몸을 돌려 그것을 빤히 바라보고는 겁에 질린다.

SCENE 58

실내. 시청. 밤.

쇼 상원 의원

…그리고 우리가 어느 정도 진보를 이루어 낸 것만은 사실입니다. 하지만 그렇다고 해서 나태해진다면 어떤 성과도 거둘 수 없습니다. 혐오스러운 술집들이 추방된 것과 마찬가지로….

혼을 빼놓는 듯 기이한 소음이 홀 뒤쪽에 있는 파이프오르간의 파이프에서 흘러나온다. 모두가 뒤돌아보자, 상원 의원은 잠시 말을 멈춘다.

쇼 상원 의원
…이제는 당구장과 회원제 사교 클럽들도….

기이한 소음은 점점 더 커진다.

손님들이 다시 돌아본다. 상원 의원은 불안해 보인다. 사람들이 웅성댄다.

갑자기 무언가가 오르간 밑에서 폭발하듯 튀어나온다. 보이지는 않으나 거대하고 짐승 같은 존재가 홀을 휩쓸며 솟구친다. 테이블들이 날아다니고 사람들이 사방으로 내팽개쳐지며 조명이 깨진다. 그 무언가가 단상을 향해 곧장 직진하자 사람들이 비명을 지른다.

쇼 상원 의원은 뒤쪽, 그 자신이 그려진 포스터 쪽으로 내팽개쳐져 높이 들려 올라간 뒤 잠시 동안 공중에 떠 있더니, 맹렬하게 아래로 추락한다…. 죽었다.

'짐승'이 상원 의원의 포스터에 달려든다. 귀에 거슬리는 격한 숨소리를 내며 미친 듯 포스터를 찢어발기더니 처음 들어왔던 곳으로 우글대며 나간다.

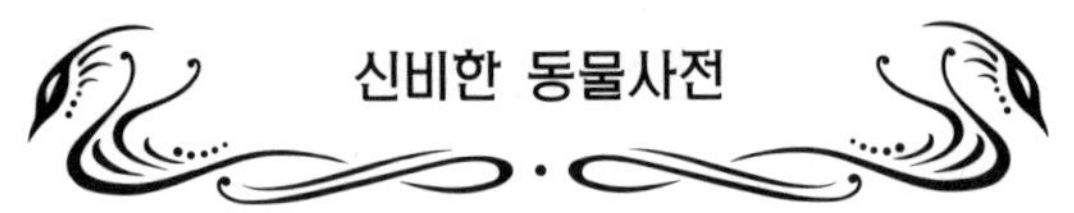

괴로워하며 겁에 질려 어쩔 줄 모르는 사람들의 소리. 그때 쇼 시니어가 잔해를 헤집으며 찢어발겨져 피 흘리는 아들의 시체를 향해 다가간다.

카메라가 쇼 상원 의원의 시체를 비춘다. 상원 의원의 얼굴에는 잔혹한 상처가 남겨져 있다. 아들 옆에 쭈그리고 앉는 쇼 시니어의 얼굴이 엄청난 충격에 휩싸여 있다.

카메라는 이제 일어서 있는 랭던을 비춘다. 그는 조금 취한 상태다. 단호한, 어찌 보면 승리감에 도취된 듯한 모습이다.

랭던
마녀다!

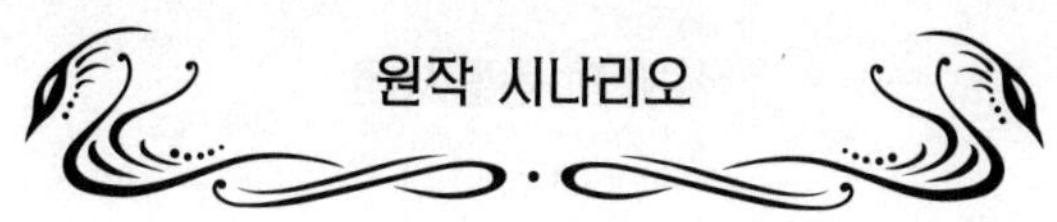

SCENE 59

실내. MACUSA 로비. 밤.

카메라는 **'마법 노출 경계 수준'**을 보여 주는 거대한 장치에 초점을 맞춘다. 바늘이 **'심각'**에서 **'비상'**으로 움직인다.

티나는 손에 가방을 들고서 로비 계단을 달려 올라가, 초조하게 수군대는 마녀와 마법사 무리를 지나친다.

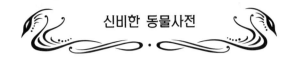

하인리히 에버슈타트 (V.O.)
우리의 우방인 미국은 결국 기밀 유지 법령 위반 행위를 그대로 방치했습니다….

SCENE 60

실내. 펜터그램 오피스. 밤.

영국의 옛 국회 본회의장처럼 배치된 인상적인 홀. 세계 도처에서 온 마법사들이 자리를 꽉 채우고 있다. 회의를 주재하는 피쿼리 대통령 곁에 그레이브스가 있다.

스위스 대표가 연설을 하고 있다.

하인리히 에버슈타트
…우리 모두가 노출될지도 모릅니다.

피쿼리 대통령
겔러트 그린델왈드를 손에서 놓친 분한테서 훈계를 듣고 싶지는 않습니다….

쇼 상원 의원의 비틀린 시체가 홀로그램 이미지로 회의실 높이

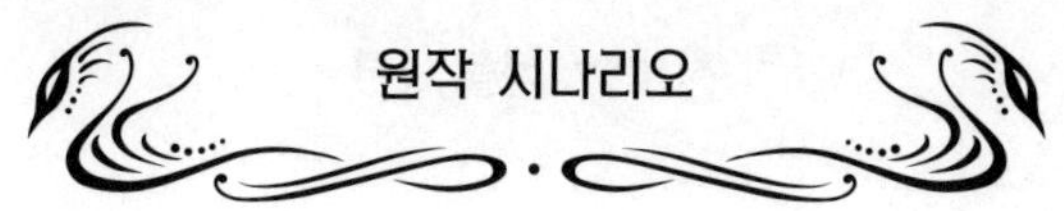

떠다니면서 반짝거리며 빛난다.

티나가 서둘러 회의실에 들어오자 모두 그쪽으로 고개를 돌린다.

티나
대통령님, 방해해서 정말로 죄송하지만 대단히 중요한 일이….

침묵만이 돌아온다. 티나는 대리석 바닥 한가운데까지 미끄러지듯 들어온 다음에야 자기가 걸어 들어온 곳이 어딘지 정확히 알아차린다. 각국 대표들이 티나를 뚫어지게 바라본다.

피쿼리 대통령
이렇게 방해할 만큼 중요한 일이어야 할 거야, 골드스틴.

티나
네, 그렇습니다.
(피쿼리 대통령에게 말하려고 앞으로 나서면서)
대통령님, 어제 한 마법사가 어떤 가방을 갖고 뉴욕에 들어왔습니다. 가방에 마법 생명체들이 들어있었는데, 유감스럽게도 그중 몇 마리가 탈출했습니다.

피쿼리 대통령

어제 도착했다고? 미등록 마법사가 마법 동물을 뉴욕에 풀어놨다는 걸 24시간 전에 알았으면서, 누구 하나 죽고 나서야 보고해야겠단 생각이 들었단 말인가?

티나

누가 죽었나요?

피쿼리 대통령

자네가 말한 그자는 어디 있나?

티나는 가방을 바닥에 눕히고 뚜껑을 세게 두드린다. 1, 2초쯤 지났을까, 가방 뚜껑이 삐걱거리며 열린다. 처음에는 뉴트, 그 다음에는 제이콥이 모습을 드러낸다. 둘 다 멋쩍고 긴장한 모습이다.

영국 공사

스캐맨더?

뉴트

(가방을 닫으며)

아, 어…. 안녕하세요, 공사님.

모몰루 우터슨
테세우스 스캐맨더? 그 전쟁 영웅?

영국 공사
아뇨, 이 사람은 그 동생입니다. 그런데 멀린의 이름을 걸고, 대체 뉴욕에서 뭘 하고 있는 건가?

뉴트
애팔루사 퍼프스캔을 사러 왔습니다, 공사님.

영국 공사
(의심스러워하며)
그렇겠지. 진짜로 뭘 하고 있는 건가?

피쿼리 대통령
(티나에게, 제이콥에 대하여)
골드스틴, 그런데 이 사람은 누군가?

티나
이분은 제이콥 코왈스키 씨입니다, 대통령님. 스캐맨더 씨가 데려온 동물 한 마리에게 물린 노마지입니다.

주변의 MACUSA 직원들과 고관들 모두가 격분한다.

관료들

(수군대며)

노마지라니? 망각 주문은 걸었나?

뉴트는 회의장을 떠다니는 쇼 상원 의원의 시체 이미지에 몰입해 있다.

뉴트

멀린의 턱수염 같으니!

야저우 주석

당신이 데려온 동물 중에서 어떤 놈이 한 짓인지 아십니까, 스캐맨더 씨?

뉴트

이건 동물이 한 일이 아닙니다. 모르는 척 마세요! 저게 뭔지는 다들 아실 거 아닙니까. 자국을 보세요.

카메라는 쇼 상원 의원의 얼굴을 비춘다.

뉴트를 비추는 카메라.

뉴트

저건 옵스큐러스의 짓입니다.

다들 하얗게 질린 채 웅성거리며 고함을 쳐 댄다. 그레이브스의 얼굴에 잔뜩 경계심이 서려 있다.

피쿼리 대통령
지나친 비약이오, 스캐맨더 씨. 미국에는 옵스큐리얼이 없어요. 저 가방을 압수하게, 그레이브스!

그레이브스가 가방에 소환 주문을 걸자 가방이 날아가 그레이브스 옆에 놓인다. 뉴트가 지팡이를 꺼낸다.

뉴트
(그레이브스에게)
안 돼요, 그거 돌려주세…!

피쿼리 대통령
체포해!

온갖 마법 주문이 현란하게 쏟아져 나와 뉴트, 티나, 제이콥에게 명중하자 세 사람이 쾅 하고 무릎을 꿇는다. 뉴트의 지팡이가 그의 손에서 날아가고 그레이브스가 이를 잡아챈다.

그레이브스가 일어나 가방을 집어 든다.

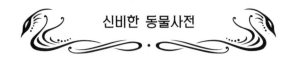

뉴트

(마법으로 결박된 채)

안 돼… 안 돼요. 그 생물들을 해치지 마세요. 부탁입니다. 잘못 생각하시는 거예요. 그 안에 위험한 건 하나도 없어요, 하나도요!

피쿼리 대통령

그건 우리가 판단할 문제요!

(어느새 세 사람 뒤에 서 있는 오러들에게)

감옥으로 데려가!

카메라는 그레이브스를 비춘다. 티나, 뉴트, 제이콥이 끌려가는 동안 그레이브스는 티나를 지켜보고 있다.

뉴트

(비명을 지르며, 절박하게)

그 생물들은 해치지 마세요…. 거기에 있는 생명체들 중에 위험한 건 하나도 없어요. 부탁이니 제 동물들을 해치지 말아 주세요. 위험하지 않습니다. 제발요, 위험하지 않다고요!

SCENE 61

실내. MACUSA 감옥. 낮.

뉴트, 티나, 제이콥이 앉아 있다. 뉴트는 두 손에 얼굴을 묻은 채다. 동물들 때문에 여전히 깊은 절망감에 빠져 있다. 금방이라도 울음을 터뜨릴 것 같은 티나가 마침내 침묵을 깬다.

티나
동물들 일은 정말 미안해요, 스캐맨더 씨. 진심이에요.

뉴트는 아무 말도 하지 않는다.

제이콥
(낮은 소리로, 티나에게)
옵스큐리얼인지, 옵스큐리어스인지 하는 것들이 다 뭔지 좀 알려 줄래요?

티나
(마찬가지로 낮은 소리로)
수세기 동안 존재하지 않았던 건데….

뉴트
석 달 전에 수단에서 만난 적이 있어요. 예전에는 더

많았지만 지금도 존재합니다. 마법사들이 지하로 숨어들기 전, 우리가 여전히 머글들한테 사냥을 당하던 시절에, 어린 마법사와 마녀 들이 가끔 박해를 피하려고 마법을 억누르려 했어요. 자신들의 힘을 활용하고 통제하는 방법을 배우는 대신 이른바 옵스큐러스라는 것을 키운 겁니다.

티나
(혼란스러워하는 제이콥에게)
옵스큐러스란 불안정하고 통제할 수 없는 어둠의 힘이에요. 갑자기 튀어나와서는… 공격을 하고… 그러곤 사라져요….

말을 하다 보니 티나도 이내 깨달은 듯하다. 여러 차례 뉴욕을 공격한 가해자에 대해 티나가 알고 있는 모든 내용이 옵스큐러스와 맞아떨어진다.

티나
(뉴트에게)
옵스큐리얼은 오랫동안 생존할 수 없잖아요?

뉴트
열 살이 지나서까지 생존한 옵스큐리얼이 있다는 기록은 어디에도 없습니다. 내가 아프리카에서 만난

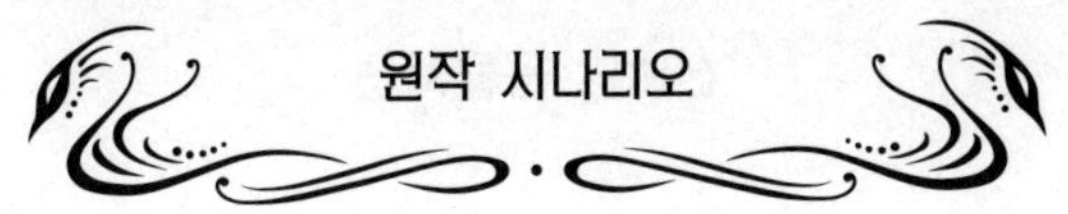

아이는 여덟 살에…. 그 아이는 여덟 살에 죽었어요.

제이콥

지금 그 얘기는… 쇼 상원 의원을 죽인 게… *어린아이*라는 겁니까?

뉴트의 표정이 '네'라고 대답한다.

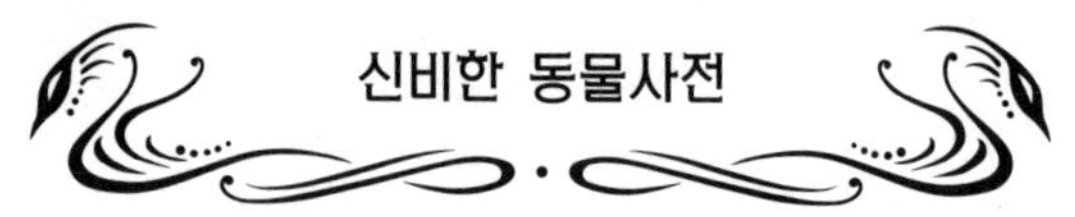

SCENE 62

실내. 제2의 세일럼 교회, 중앙 홀. 낮. 몽타주.

모데스티가 여러 명의 고아들이 게걸스럽게 음식을 먹고 있는 기다란 탁자로 다가간다.

모데스티
(노래를 계속 부르며)
…우리 엄마, 너희 엄마,
빗자루를 타고 날아.

우리 엄마, 너희 엄마,
마녀는 절대 울지 않아.
우리 엄마, 너희 엄마,
마녀는 죽을 거야!

모데스티가 식탁에서 아이들의 전단지를 계속 주워 모은다.

모데스티
1번 마녀는 강에 빠져 죽고!
2번 마녀는 목 매달려 죽고!
3번 마녀는 ….

시간 경과:

아이들은 식사를 마친 뒤 전단지를 들고 식탁을 떠나 문 쪽으로 향한다.

채스터티
(아이들의 뒤에 대고 소리치며)
전단지 나눠 주고 와! 버리면 다 알아. 수상한 걸 보면 꼭 말하고.

카메라가 크레덴스를 클로즈 온한다. 크레덴스는 설거지를 하면서도 아이들을 유심히 지켜보고 있다.

모데스티가 남은 아이들을 따라 교회를 나선다.

SCENE 63

실외. 제2의 세일럼 교회 바깥 거리. 낮.

모데스티가 번잡한 거리 한가운데에 서 있다. 그녀는 전단지를 허공으로 높이 던지고서 그것들이 주변에 흩뿌려지는 모습을 흡족하게 바라본다.

SCENE 64

실내. MACUSA 감옥 / 복도. 낮.

흰옷을 위에 걸친 사형 집행인 두 사람이 쇠고랑을 찬 뉴트와 티나를 끌고 감옥을 나와, 어두운 지하로 내려간다.

뉴트가 뒤를 돌아본다.

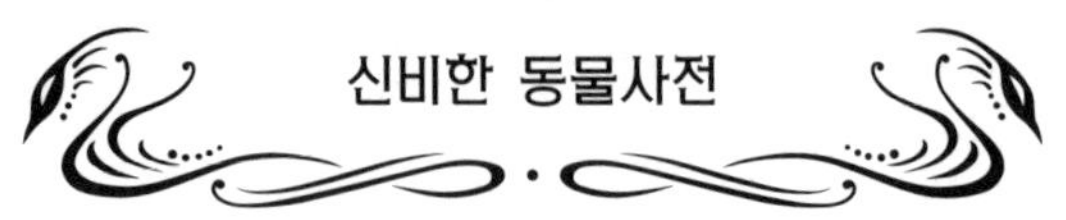

뉴트
(어깨 너머로)
알게 돼서 참 좋았습니다, 제이콥, 꼭 빵집을 열길 바랄게요.

카메라는 겁에 질린 채 홀로 남겨져 감옥 안에서 쇠창살을 부여잡고 있는 제이콥의 모습을 비춘다. 그는 뉴트에게 쓸쓸히 손을 흔든다.

SCENE 65

실내. 취조실. 낮.

작고 가구가 거의 없는 방. 검은색 벽에 창문 하나 없다.

그레이브스가 뉴트의 맞은편, 취조용 책상에 앉아서 서류철 하나를 펼쳐 놓고 있다. 뉴트는 눈을 가늘게 뜨고 앞을 본다. 밝은 빛 때문에 눈이 부시다.

티나가 뒤에 서 있고, 사형 집행인 두 사람이 그녀의 양옆을 지키고 있다.

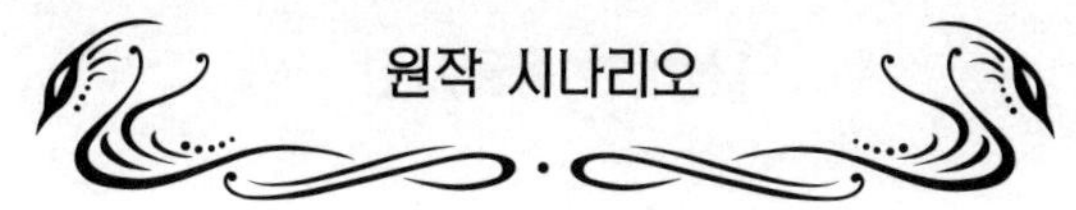

그레이브스

당신 참 재미있는 사람이던데, 스캐맨더.

티나

(앞으로 나서며)

그레이브스 국장님….

그레이브스는 입술에 손가락 하나를 갖다 대며 티나에게 조용히 하라는 신호를 보낸다. 오만하면서도 권위 있는 동작이다. 티나는 주눅 든 듯한 모습으로 순순히 그림자 속으로 물러난다.

그레이브스는 책상 위의 서류를 살펴본다.

그레이브스

사람 목숨을 위태롭게 해서 호그와트에서 쫓겨났다….

뉴트

그건 사고였어요!

그레이브스

…그때도 무슨 짐승 때문이었군. 그런데 선생 하나가 자네의 퇴학에 격하게 반대했다지. 자, 알버스 덤블도어가 자네를 그렇게 총애한 이유가 뭔가?

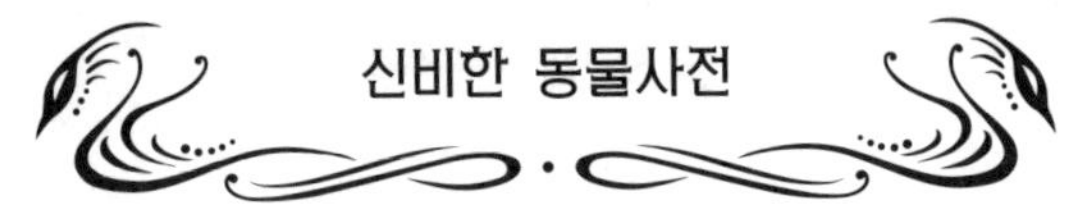

뉴트

솔직히 전혀 모르겠습니다.

그레이브스

그럼 이번에 위험한 생명체 한 보따리를 이곳에 풀어놓은 것 또한 사고일 뿐이고? 그런가?

뉴트

제가 일부러 그럴 이유가 있습니까?

그레이브스

마법사들의 존재를 노출시키기 위해서. 마법사 세계와 비마법사 세계 사이에 전쟁을 일으키려고.

뉴트

대의를 위한 대학살, 그것 말인가요?

그레이브스

그래. 그렇다고 할 수 있겠군.

뉴트

저는 그린델왈드의 광신도가 아닙니다, 그레이브스 씨.

미묘하게 표정이 변하는 것으로 미루어 보아 뉴트가 정곡을 찔렀다는 걸 알 수 있다. 그레이브스는 좀 더 위협적인 표정을 짓고 있다.

그레이브스

이것에 대해서는 뭐라고 얘기할지 궁금하군, 스캐맨더 씨?

그레이브스가 손을 천천히 움직여 뉴트의 가방에서 옵스큐러스를 들어 올리더니 책상 위에 올려놓는다. 옵스큐러스는 고동치며 소용돌이를 일으키는 가운데 쉭쉭대는 소리를 낸다.

믿을 수 없다는 눈길로 바라보는 티나를 클로즈 온하는 카메라.

그레이브스가 옵스큐러스를 향해 손을 뻗는다. 흠뻑 매료되어 있다. 그레이브스가 갑자기 아주 근접해 오자, 옵스큐러스는 더욱 빠르게 소용돌이치고 부글부글 끓어오르면서 반대 방향으로 움츠러든다.

뉴트가 본능적으로 티나에게로 몸을 돌린다. 이유는 정확히 알 수 없으나 그가 이해를 구하고 싶은 사람은 다른 누구도 아닌 티나다.

뉴트

이건 옵스큐러스예요.

(티나의 표정을 보고)

하지만 당신이 생각하는 그런 건 아닙니다. 수단 여자아이를 구할 때 그 애한테서 힘들게 분리해 냈어요. 집으로 데려가고 싶었습니다. 연구하려고요….

(충격받은 티나를 보고)

하지만 저 가방 밖에서는 살아남지 못해요. 아무도 해칠 수가 없다고요, 티나!

그레이브스

그러니까 숙주가 없으면 아무짝에도 쓸모가 없다?

뉴트

'쓸모'가 없다고요? '쓸모' 없다뇨? 저건 한 아이를 죽인 기생충 같은 마법의 힘입니다. 도대체 저런 걸 어디다 쓴다는 겁니까?

뉴트는 결국 화가 부글부글 끓어올라 그레이브스를 쏘아본다. 티나도 이 분위기에 압도되어 그레이브스를 바라본다. 티나의 얼굴 가득 염려와 공포가 묻어난다.

그레이브스가 자리에서 일어나더니, 뉴트가 던진 질문은 일축한 채 뉴트에게 다시 비난의 화살을 돌린다.

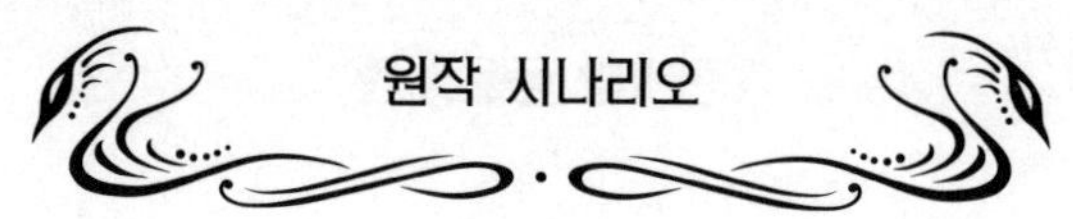

그레이브스

감히 누굴 속이려고 이러시나, 스캐맨더 씨. 자네는 대혼란을 일으키고 싶어서 이 옵스큐러스를 뉴욕시에 들여온 거야. 기밀 유지 법령을 깨고 마법 세계를 노출시켜서….

뉴트

아시다시피 저건 아무도 해칠 수 없습니다. 당신도 알잖아요!

그레이브스

…그러므로 자네는 동료 마법사들을 배신하는 반역죄를 저질렀으며, 이에 사형을 선고하네. 자네 범행을 방조한 골드스틴에게도….

뉴트

아닙니다. 티나는 그런 짓 하지 않았어요….

그레이브스

…같은 선고를 내리도록 하지.

사형 집행인 두 사람이 앞으로 나온다. 그들은 침착하고도 강압적으로 뉴트와 티나의 목에 지팡이 끝을 대고 누른다.

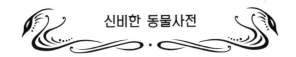

티나는 충격과 공포에 질려 말문이 막힌다.

그레이브스
(사형 집행인들에게)
즉시 처리하도록. 피쿼리 대통령께는 내가 직접 보고하겠다.

뉴트
티나.

그레이브스가 다시 입술에 손가락을 갖다 댄다.

그레이브스
쉿.
(사형 집행인들에게 손짓하며)
어서.

SCENE 66

실내. 허름한 지하 회의실. 낮.

퀴니가 쟁반에 커피와 머그잔을 담아 회의실로 나르는 중이다.

갑자기 그 자리에서 얼어붙는 퀴니. 그녀의 두 눈이 휘둥그레지고, 얼굴에 공포가 번져 간다. 그녀는 쟁반을 떨어뜨린다. 컵이 바닥에 떨어져 산산조각 난다.

MACUSA의 하급 공무원들이 눈을 돌려 그녀를 바라본다. 퀴니도 그들을 마주 바라보다가 멍한 얼굴로 복도를 따라 황망히 달아난다.

<u>**SCENE 67**</u>

실내. 사형 집행실로 이어지는 복도. 낮.

기다랗고 검은 금속으로 된 복도는 순백의 감방으로 이어진다. 방에는 의자 하나가 마법 물약이 찰랑이는 정사각형 웅덩이 위에 마법의 힘으로 둥둥 떠 있다.

뉴트와 티나는 사형 집행인들에게 강제로 끌려 들어온다. 경비원 한 명이 문가에 서 있다.

티나
(사형 집행인 1에게)
이러지 말아요…. 버나데트…, 제발….

사형 집행인 1

아프지 않아요.

티나는 물웅덩이 가장자리로 끌려간다. 그녀는 공황 상태에 빠져 호흡이 가쁘고 불규칙하다.

사형 집행인 1이 웃으며 지팡이를 들어 올리더니 티나의 머리에서 행복한 기억을 조심스럽게 뽑아낸다. 티나는 즉시 진정된다. 이제 그녀는 공허한 표정으로 다른 세상을 보고 있는 듯하다.

사형 집행인 1이 그 기억을 마법 물약 속에 던지자, 마법 물약이 잔물결을 일으키면서 티나 인생의 여러 장면을 되살려 낸다.

어린 티나는 어머니가 부르는 소리에 올려다보며 미소 짓는다.

티나의 어머니 (V.O.)

티나…티나… 이리 오렴, 아가야. 잘 시간이야. 준비됐니?

티나

엄마….

물웅덩이 속에 떠오른 티나의 어머니는 사랑 넘치는 온화한 표정이다. 현실 세계의 티나가 내려다보며 미소 짓는다.

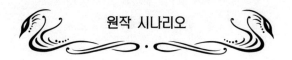

사형 집행인 1
얼마나 좋아 보여? 들어가고 싶죠? 그쵸?

티나는 멍하니 고개를 끄덕인다.

SCENE 68

실내. MACUSA 로비. 낮.

퀴니가 사람들로 북적이는 로비에 서 있다. 엘리베이터 문소리.

카메라는 엘리베이터 문을 비춘다. 문이 열리고 제이콥이 나타난다. 망각술사 샘이 그를 호송한다.

퀴니는 단호한 모습으로 그들에게 서둘러 다가간다.

퀴니
안녕, 샘!

샘
안녕, 퀴니.

퀴니

아래층에서 오라던데. 내가 이 사람한테 망각 주문 걸게.

샘

너는 자격이 없잖아.

심각한 얼굴로, 퀴니는 샘의 마음을 읽는다.

퀴니

근데, 샘. 네가 루비 만나고 있는 거 시실리도 알아?

카메라가 그들 앞에 서 있는 MACUSA 마녀 루비를 비춘다. 루비가 샘을 보고 미소 짓는다.

퀴니와 샘을 비추는 카메라. 샘은 초조해 보인다.

샘

(간담이 서늘하여)

그걸 어떻게…?

퀴니

내가 이 사람한테 망각 주문 걸게 해 줘. 그러면 시실리한테 아무 말도 안 할게.

어안이 벙벙해진 채 샘은 뒤로 물러난다. 퀴니가 제이콥의 팔을 잡고 휑뎅그렁한 로비 저편으로 그를 앞세워 간다.

제이콥
지금 뭐하는 거예요?

퀴니
쉿! 언니가 위험해요. 들어 보려고 노력 중인데….
(티나의 마음을 읽으며)
제이콥, 뉴트의 가방은 어디 있어요?

제이콥
그레이브스라는 사람이 가져간 것 같던데….

퀴니
알았어요, 어서요.

제이콥
네? 나한테 망각 주문을 걸려는 거 아니었어요?

퀴니
당연히 아니죠. 이제 우리는 한편이잖아요!

퀴니는 중앙 계단 쪽으로 가며 제이콥을 재촉한다.

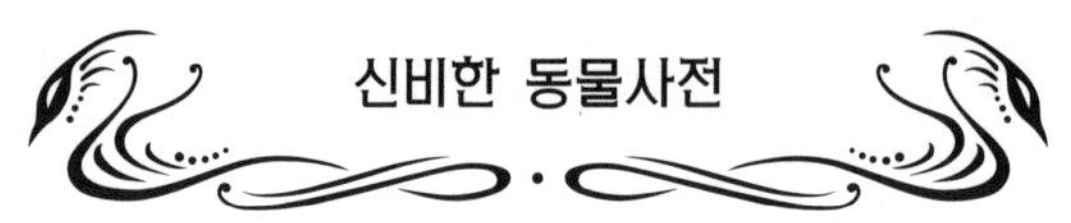

SCENE 69

실내. 사형 집행실. 낮.

티나는 처형 의자에 앉아 있다. 그녀는 아래를 내려다본다. 가족과 부모님, 어린 시절의 퀴니가 나오는 행복한 영상이 소용돌이치고 있다.

기억:

카메라가 웅덩이 안으로 들어가 티나의 기억 한 가닥을 따라간다. 티나가 제2의 세일럼 교회 안으로 걸어 들어가 계단을 오른다. 메리 루가 손에 허리띠를 들고 크레덴스를 지키고 선 모습이 티나의 눈에 들어온다. 크레덴스는 겁에 질려 있다. 분노한 티나는 주문을 날려 메리 루를 맞힌다. 티나는 크레덴스를 달래 주려고 앞으로 움직인다.

티나
괜찮아.

다시 현실의 티나를 비추는 카메라. 티나는 여전히 웅덩이 안을 응시하며 애석하게 미소 짓고 있다.

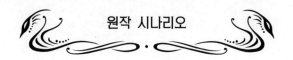

카메라는 뉴트를 비춘다. 뉴트는 자기 팔을 재빨리 곁눈질한다. 피켓이 조용하고 민첩하게, 뉴트의 손에 채워진 쇠고랑 쪽으로 기어오르고 있다.

SCENE 70

실내. 그레이브스의 사무실로 이어지는 복도. 낮.

그레이브스의 사무실 문을 비추는 카메라.

퀴니 (O.S.)
알로호모라.

퀴니와 제이콥이 그레이브스의 사무실 바깥에 어정쩡하게 서 있는 모습이 보인다. 퀴니는 문을 열기 위해 필사적으로 노력하고 있다.

퀴니
아베르토….

잠긴 문은 꼼짝도 하지 않는다.

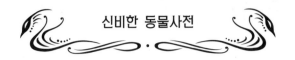

퀴니
(낙담하여)
욱. 사무실 문 잠그는 주문 하나는 아주 끝내주는 걸 알고 있나 봐요.

SCENE 71
실내. 사형 집행실. 낮.

다시 피켓에게 향하는 카메라. 피켓은 뉴트의 손목에 채워진 수갑을 풀어내고는 사형 집행인 2의 외투로 재빨리 기어오른다.

사형 집행인 2
(뉴트에게)
자, 당신 좋은 기억도 좀 꺼내 보죠.

사형 집행인 2가 뉴트의 이마 쪽으로 지팡이를 들어 올린다. 뉴트는 이 기회를 놓치지 않고 뒤쪽으로 펄쩍 뛰어 비켜선 뒤 스우핑 이블을 꺼내 웅덩이 쪽으로 던진다. 그런 다음 뉴트는 재빨리 몸을 돌려 경비원에게 주먹을 날린다. 경비원은 그대로 정신을 잃는다.

스우핑 이블은 이제 몸집이 부풀어서 엄청나게 크고 무시무시하면서도 기묘하게 아름다운, 뼈대가 드러난 두 날개를 가진 나비 느낌의 파충류가 되었다. 스우핑 이블은 계속해서 웅덩이 둘레를 맴돈다.

피켓은 사형 집행인 2의 팔로 기어올라 그녀를 깨문다. 그녀는 깜짝 놀라 주의가 흐트러진다. 덕분에 뉴트에게는 사형 집행인 2의 두 팔을 붙잡아 그녀의 지팡이가 다른 곳을 겨냥하게 할 시간이 생긴다. 주문이 발사되어 사형 집행인 1을 맞히자 사형 집행인 1은 바닥에 쓰러지고 지팡이는 웅덩이에 빠진다. 지팡이가 빠진 순간, 웅덩이의 액체에 끈적거리는 검은색 거품이 일면서 출렁이더니, 즉시 지팡이가 집어삼켜진다.

그 영향으로 티나의 기억이 좋은 것에서 나쁜 것으로 바뀐다. 메리 루가 공격적으로 티나에게 손가락질하고 있다.

메리 루
마녀!

티나는 그때까지 물웅덩이에 도취해 있다가 점점 더 겁에 질린다. 티나가 앉아 있는 의자가 점점 더 액체 가까이로 낮아진다.

스우핑 이블이 사형 집행실을 미끄러지듯 가로질러 와 사형 집행인 2를 바닥에 쓰러뜨린다.

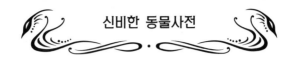

SCENE 72

실내. 그레이브스의 사무실로 이어지는 복도. 낮.

제이콥은 주변을 휙 훑어본 다음, 문을 세게 한 번 걷어찬다. 문이 부서져 열린다. 제이콥이 망을 보는 동안 퀴니가 안으로 달려 들어가 뉴트의 가방과 티나의 지팡이를 낚아챈다.

SCENE 73

실내. 사형 집행실. 낮.

티나가 몽상에서 퍼뜩 깨어나 비명을 지른다.

티나

스캐맨더 씨!

액체는 이제 까맣게 부글부글 끓어오르는 죽음의 마법약으로 바뀌어 있다. 솟아오른 마법약이 의자에 앉아 있는 티나 주변을 둘러싼다. 티나는 도망치려고 의자 위로 올라서다가 하마터면 떨어

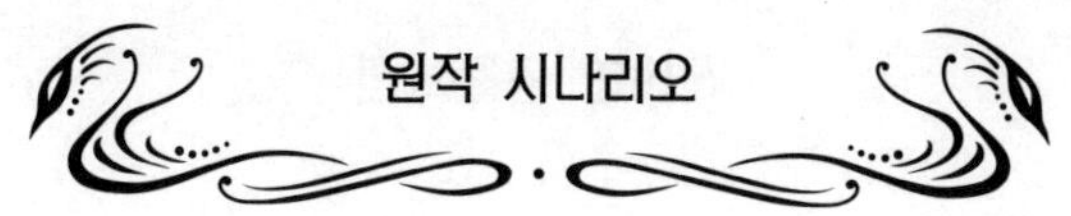

질 뻔한다. 티나는 필사적으로 균형을 되찾으려고 애쓴다.

뉴트

당황하지 마요!

티나

그럼 당황 말고 뭘 하라고요?

뉴트는 혀를 차듯 이상한 소리를 내서 스우핑 이블에게 다시 물웅덩이를 한 바퀴 돌라고 명령을 내린다.

뉴트

뛰어요….

티나가 스우핑 이블을 바라본다. 겁이 나고, 믿기지 않는다.

티나

미쳤어요?

뉴트

뛰어서 저 녀석한테 올라타요.

뉴트는 웅덩이 가에 서서 티나 주변을 빙글빙글 맴도는 스우핑 이블을 보고 있다.

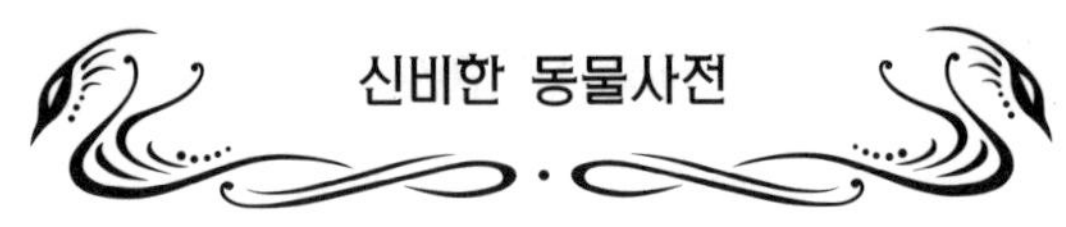

뉴트

티나, 내 말 들어요. 내가 잡을게요. 티나!

두 사람이 강렬한 눈빛을 주고받는 가운데 뉴트는 티나를 안심시키려 애쓴다….

액체는 이제 티나의 키 높이까지 파도처럼 솟아올랐다. 그녀의 눈에 뉴트가 점차 보이지 않으려 한다.

뉴트

(완고하게, 대단히 침착하게)

내가 잡아줄게요. 잡을 수 있어요. 티나….

갑자기 뉴트가 소리친다.

뉴트

뛰어요!

티나가 두 개의 파도 사이로 뛰어들자 마침맞게 스우핑 이블이 지나간다. 티나가 스우핑 이블 등에 올라선다. 소용돌이치는 액체를 겨우 간발의 차이로 비껴 갔다. 그런 다음 그녀는 재빨리 앞으로 깡충 뛰어서 두 팔을 활짝 벌리고 있는 뉴트의 품에 곧장 안긴다.

아주 짧은 순간 뉴트와 티나는 서로를 응시한다. 이윽고 뉴트가 손을 들어 올려 스우핑 이블을 다시 불러들이자 스우핑 이블은 다시 한 번 고치로 접힌다.

뉴트가 티나의 손을 꽉 잡고 출구를 향한다.

뉴트
어서요!

SCENE 74
실내. 사형 집행실 복도. 낮.

퀴니와 제이콥이 결의에 찬 모습으로 복도를 걷는다.

멀리서 경보음이 울린다. 다른 마법사들이 그들을 지나쳐 반대 방향으로 서둘러 간다.

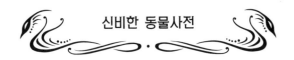

SCENE 75

실내. MACUSA 로비. 몇 분 후. 낮.

로비 전체에 경보음이 요란하게 울려 퍼진다.

군중은 혼란의 도가니에 빠져 있다. 어떤 사람들은 무리 지어 서서 초조하게 수군대고, 어떤 사람들은 불안한 모습으로 허둥지둥 헤매고 다닌다.

오러 한 무리가 로비를 가로질러 뛰어간다. 그들은 지하로 이어지는 계단으로 곧장 향하는 중이다.

SCENE 76

실내. 사형 집행실 복도 / 지하 복도. 낮.

뉴트와 티나는 서로 손을 잡고 지하 복도를 내달린다. 갑자기 오러 한 무리가 위협적으로 말을 걸어오자 둘은 방향을 돌려 재빨리 기둥 뒤로 달려가 오러들이 발사한 저주와 주문을 간신히 피한다.

뉴트가 다시 한 번 스우핑 이블을 내보내자, 스우핑 이블은 머리

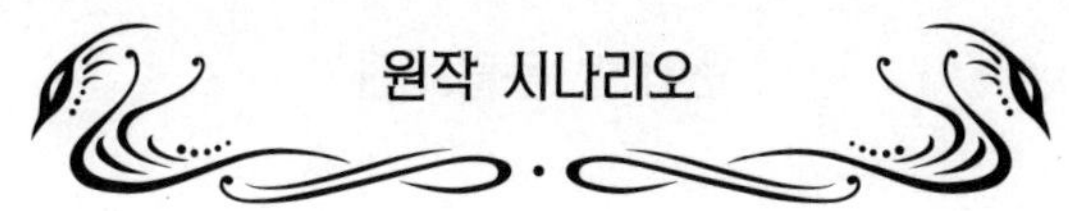

위를 빙빙 돌고 기둥들 사이를 들락날락 날아다니며 저주를 막고 오러들을 바닥에 쓰러뜨린다.

카메라는 주둥이로 오러 한 명의 귀를 살피는 스우핑 이블을 비춘다.

뉴트
(혀 차는 소리를 내며)
뇌는 건드리지 마. 어서! 가자!

스우핑 이블은 계속 달려가는 티나와 뉴트의 뒤를 따라 날아가며 저주를 가로막는다.

티나
저건 *도대체* 뭐예요?

뉴트
스우핑 이블이요.

티나
음, 맘에 쏙 드네요!

카메라는 퀴니와 제이콥이 지하를 가로질러 기세 좋게 걸어가는 모습을 비춘다. 전력 질주해 모퉁이를 돌던 뉴트와 티나는 하마

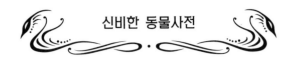

터면 두 사람과 부딪칠 뻔한다. 서로를 빤히 바라보는 네 사람 모두 얼굴에 당황해하는 기색이 역력하다.

마침내 퀴니가 가방을 가리킨다.

퀴니
들어가요!

SCENE 77

실내. 감옥으로 이어지는 계단. 잠시 후. 낮.

그레이브스가 황급히 계단을 내려간다. 처음으로 그의 얼굴에 당혹감 어린 표정이 떠올라 있다.

SCENE 78

실내. MACUSA 로비. 잠시 후. 낮.

퀴니가 로비를 가로질러 빠르게 움직인다. 서두르는 기색이 드러나지 않도록 무진 애를 쓰고 있지만, 머릿속에는 이곳을 떠나야 한다는 생각이 절실하다. 갈팡질팡하던 애버내시가 마법사 무리에서 빠져나온다.

애버내시

퀴니!

퀴니가 계단 위쪽에서 돌아서며 마음을 가라앉힌다. 애버내시가 넥타이를 고쳐 매며 그녀에게 다가가면서 침착하고 권위 있는 모습을 보여 주려 한다. 퀴니 때문에 긴장한 게 분명하다.

애버내시

(활짝 미소 지으며)

어디 가?

퀴니는 매혹적으로, 순진무구한 표정을 지으며 뉴트의 가방을 뒤로 뺀다.

퀴니

제가… 제가 좀 아파서요, 애버내시 씨.

퀴니는 눈을 크게 뜨며 약간 기침을 한다.

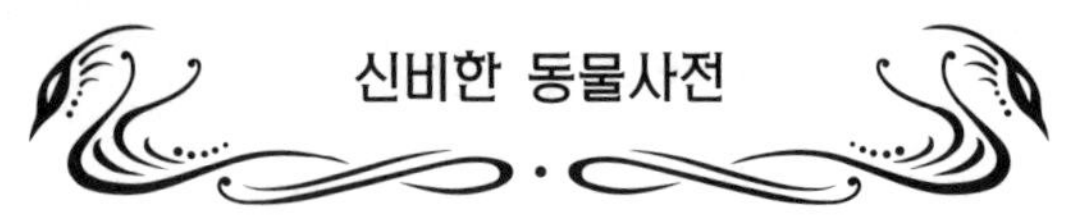

애버내시
또? 이런…. 거기 그건 뭐야?

짧은 침묵.

퀴니는 재빨리 머리를 굴려, 곧 넋을 빼앗는 미소를 머금는다.

퀴니
여자들 물건이요.

퀴니는 가방을 내밀어 보이고는 천진난만하게 애버내시를 향해 종종걸음으로 계단을 오른다.

퀴니
한 번 보실래요? 전 상관없어요.

애버내시는 쑥스러워 어쩔 줄 몰라 한다.

애버내시
(꿀꺽 침을 삼키며)
아! 이런, 아냐! 난…. 빨리 나으라고.

퀴니
(달콤한 미소를 지으며, 애버내시의 넥타이를 매만져

주면서)

고마워요!

퀴니는 즉시 몸을 돌려 서둘러 계단을 내려간다. 애버내시는 가슴이 두방망이질 치는 걸 느끼며 덩그러니 남아 그녀의 뒷모습을 빤히 바라본다.

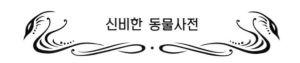

SCENE 79

실외. 뉴욕 거리. 늦은 오후.

뉴욕 상공의 하이 와이드 숏. 카메라는 지붕 위를 빠르게 나아가다가 급강하해 거리와 골목 사이를 관통하면서, 빠르게 움직이는 자동차들과 깔깔대는 아이들을 지난다.

카메라가 제2의 세일럼 교회가 있는 골목에서 멈춘다. 그곳에서 크레덴스가 메리 루의 다음 집회를 알리는 포스터를 붙이고 있다.

그레이브스가 순간이동으로 골목에 나타난다. 크레덴스가 깜짝

놀라서 뒤로 물러나자 그레이브스가 곧장 그에게로 다가간다. 말투와 태도가 다급하고 강압적이다.

그레이브스
크레덴스. 그 애는 찾았니?

크레덴스
못 찾겠어요.

그레이브스는 조바심이 나지만 짐짓 침착한 척 손을 내민다. 갑자기 배려심 있고 다정한 모습이다.

그레이브스
보여 다오.

훌쩍이며 몸을 웅크리는 크레덴스가 뒤로 더 물러서는 것만 같다. 그레이브스가 부드럽게 크레덴스의 손을 잡아 살펴본다. 크레덴스의 손에는 깊고 붉은 상처가 잔뜩 나 있다. 쓰라리고 피가 난다.

그레이브스
쉿. 얘야, 그 애를 빨리 찾을수록 이 고통을 지난 일로 만들 수 있단다. 마땅히 그래야 하고.

그레이브스가 엄지로 크레덴스의 상처를 부드럽게, 거의 유혹하듯이 쓰다듬자 상처가 즉시 낫는다. 크레덴스가 빤히 바라본다.

그레이브스는 무언가 결단을 내린 듯하다. 그는 진심 어리고 믿음직스러운 표정을 꾸며 낸다. 그러면서 주머니에서 죽음의 성물 상징이 달린 목걸이를 꺼낸다.

그레이브스
이걸 네가 가졌으면 좋겠구나, 크레덴스. 내가 이걸 믿고 맡겨 둘 사람은 몇 안 돼.

그레이브스는 크레덴스에게 가까이 다가가 그의 목에 목걸이를 걸어 주며 속삭인다.

그레이브스
정말 몇 없어.

그레이브스는 두 손을 크레덴스의 목 양옆에 얹고 그를 바짝 끌어당기며 나직하고도 친밀하게 이야기한다.

그레이브스
…하지만 넌, 넌 특별하잖니.

크레덴스는 확신이 서지 않는다. 그레이브스의 행동에 긴장되기도 하고 끌리기도 한다.

그레이브스가 크레덴스의 가슴에 놓인 펜던트에 손을 얹는다.

그레이브스

자, 그 아이를 찾으면 이 상징을 만지거라. 그러면 내가 알아차릴 거야. 내가 너한테 갈게.

그레이브스는 크레덴스에게 더 가까이 다가간다. 그레이브스가 크레덴스의 목에서 겨우 몇 센티미터밖에 떨어지지 않은 채로 얼굴을 대고 속삭이자 유혹적이면서 위협적인 기운이 전해진다.

그레이브스

이번 일을 해내면 너는 마법사들에게 존경받게 될 거다. 영원히 말이야.

그레이브스가 크레덴스를 끌어당겨 포옹한다. 크레덴스의 목에 손을 올리고 있어서인지 애정이 담겼다기보다는 크레덴스를 지배하려는 것처럼 보인다. 크레덴스는 허울뿐인 애정에 압도되어 눈을 감고 살짝 긴장을 푼다.

그레이브스는 천천히 뒤로 물러나 크레덴스의 목을 토닥인다. 크레덴스는 계속 눈을 감은 채 사람의 손길이 지속되기를 갈망한다.

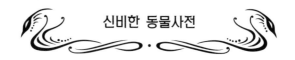

그레이브스

(속삭이며)

그 애는 죽어 가고 있어, 크레덴스. 시간이 없다.

갑작스럽게, 그레이브스는 등을 돌려 골목을 따라 성큼성큼 걸어 나가더니 순간이동으로 사라진다.

SCENE 80

실외. 비둘기장이 있는 옥상. 해 질 녘.

도시 전체가 내려다보이는 옥상. 가운데에 작은 나무 오두막이 서 있고, 그 안에 비둘기장이 있다.

뉴트가 난간에 올라서서 거대한 도시를 내려다본다. 피켓이 그의 어깨에 앉아 딸깍거리는 소리를 낸다.

제이콥은 오두막 안에 있다. 비둘기장을 바라보고 있자 퀴니가 들어온다.

퀴니

할아버지가 비둘기를 키우셨어요? 우리 할아버지는

올빼미를 여러 마리 키우셨는데. 나는 올빼미 먹이 주는 걸 참 좋아했어요.

뉴트와 티나를 비추는 카메라. 티나도 뉴트를 따라 돌출된 난간에 올라선다.

티나
그레이브스는 전부터 이 소동이 다 짐승 때문이라고 고집을 부려 왔어요. 당신 생물들을 다 찾아야 해요. 그래야 그레이브스가 희생양으로 삼지 못해요.

뉴트
아직 못 찾은 건 한 마리뿐이에요. 두걸이라고, 제 데미가이즈요.

티나
두걸이요?

뉴트
아주 사소한 문제가 있는데…. 음, 두걸은 눈에 보이지 않아요.

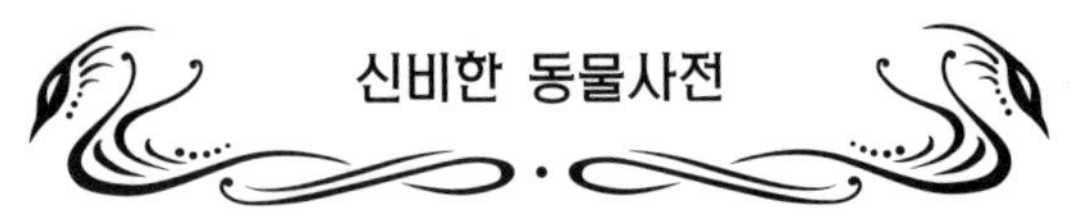

티나

(어처구니없어 웃음이 나오는 걸 애써 참으며)

눈에 안 보인다고요?

뉴트

네…. 대체로…. 두걸은… 음….

티나

그걸 어떻게 잡….

뉴트

(미소 짓기 시작하며)

엄청 어렵게요.

티나

아….

둘은 마주 보고 웃는다. 둘 사이에 온기가 싹터 있다. 뉴트는 여전히 어색해하면서도 티나의 미소 띤 얼굴에 도통 눈을 뗄 수가 없다.

티나가 뉴트 쪽으로 천천히 움직인다.

짧은 침묵.

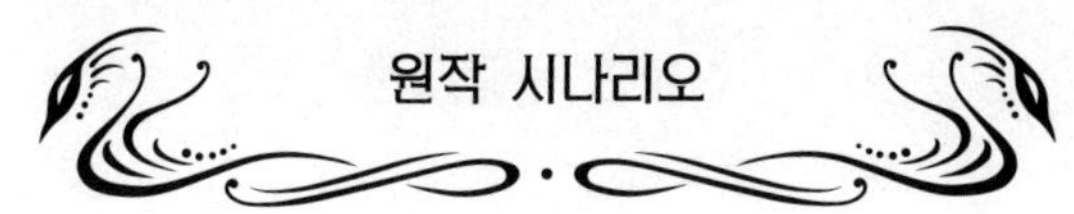

티나

날라크!

뉴트

(깜짝 놀라)

네?

티나

(함께 음모라도 꾸미려는 듯, 흥분해서)

날라크라고 있어요. 내가 오러로 일할 때 정보원이었죠! 그가 불법으로 마법 동물들을 거래하곤 했거든요….

뉴트

공교롭게도 날라크가 동물 발자국에 관심 있다거나 한 건 아니겠죠?

티나

팔 수 있는 거라면 뭐든지 관심 있을 거예요.

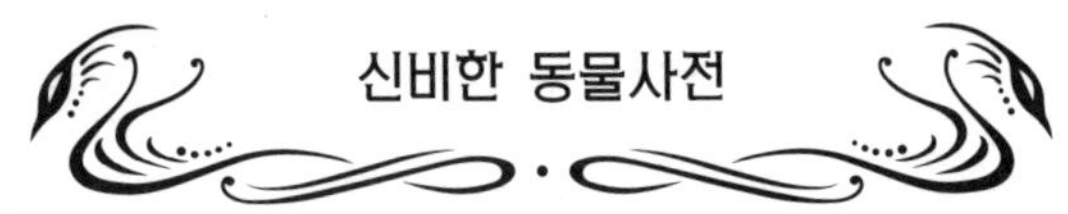

SCENE 81

실외. 블라인드 피그. 밤.

티나가 일행을 이끌고 쓰레기통과 나무 상자, 버려진 물건 들로 뒤덮인 불결한 뒷골목을 따라 걸어간다. 티나는 아파트 지하로 이어지는 계단을 발견하고는 일행에게 내려오라고 손짓한다.

계단 끝은 겉보기에 막다른 길처럼 보인다. 출입구가 벽돌로 막혀 있다. 그 대신, 이브닝드레스 차림의 젊은 화류계 여성이 웃으며 거울 속의 자기 모습을 빤히 보고 있는 포스터가 통로 끝

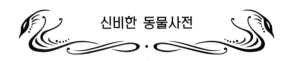

에 붙어 있다.

티나와 퀴니가 포스터 앞에 선다. 둘은 마주 선 다음, 동시에 지팡이를 들어 올린다. 그러자 둘의 작업복이 아찔하게 아름다운 1920년대 신여성 스타일 파티 드레스로 바뀐다. 티나가 뉴트를 올려다본다. 뉴트는 그녀의 새로운 옷차림에 약간 당황한 듯해 보인다. 제이콥을 바라보는 퀴니의 얼굴에는 뽐내는 듯한 미소가 떠올라 있다.

티나가 포스터로 다가가 천천히 손을 들어 올린다. 그동안 화류계 여성의 눈이 위쪽으로 움직이며 티나의 동작 하나하나를 좇는다. 티나가 천천히 문을 네 번 두드린다.

뉴트는 차림에 변화를 줘야겠다고 느끼고 서둘러 마법을 부려 작은 보타이를 찬다. 제이콥이 질투 어린 시선으로 바라본다.

창구가 열린다. 포스터 그림 속 화류계 여성의 눈이 휙 돌아가더니 의심스러워하는 경비원의 눈길이 나타난다.

SCENE 82

실내. 블라인드 피그. 밤.

뉴욕 마법 공동체의 밑바닥 인생들이 드나드는 지저분하고 천장이 낮은 주류 밀매점. 뉴욕의 모든 마법사, 마녀 범죄자들이 이곳에 있으며 그들의 현상 수배 포스터가 벽에 자랑스럽게 걸려 있다. **"겔러트 그린델왈드: 유럽에서의 노마지 학살 혐의로 수배"** 라고 쓴 포스터가 언뜻 보인다.

화려하게 차려입은 고블린 재즈 가수가 고블린 악사들로 가득 찬 무대에서 노래를 부르고 있다. 재즈 가수가 들고 있는 지팡이에서 연기 같은 영상이 퍼져 나와 가사를 표현하고 있다. 온통 우중충하고 허름한 이곳 분위기는 위험한 즐거움을 풍긴다.

재즈 가수
불사조는 진주 같은 통통한 눈물을 흘려 댔다네
그가 가장 사랑하는 소녀를 용이 덥석 물어 갔기에
빌리위그는 빙글빙글 도는 법도 잊어버렸지
연인이 차갑게 그를 떠나갔기에
유니콘은 뿔을 완전히 잃어버렸고
히포그리프는 온통 쓸쓸한 기분뿐,
그들이 사랑하던 여자가 자리를 박차고 떠나버렸기에
아무튼 그것이 내가 들은 이야기…

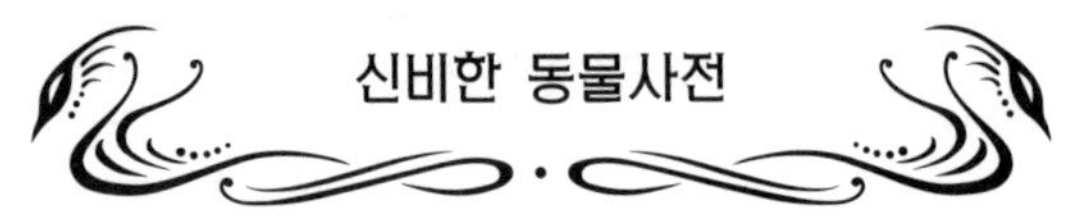

제이콥은 아무도 없어 보이는 바에 서서, 누군가 주문을 받아 주기를 기다린다.

제이콥
이 술집에서는 술을 어떻게 시켜야 하지?

어디선가 갈색 액체가 담긴 가느다란 병이 제이콥을 향해 쌩 날아온다. 제이콥은 깜짝 놀라 그 병을 잡는다.

집요정의 머리가 바 너머에서 그를 올려다본다.

집요정
뭐? 집요정 처음 보냐?

제이콥
어, 아뇨, 네, 아니고말고요. 당연히 본 적 있죠….
저는 집요정을 아주 좋아합니다.

제이콥은 애써 태연한 척한다. 그는 병에서 코르크를 뽑는다.

제이콥
우리 삼촌도 집요정인데요.

집요정은 이 말에 전혀 속아 넘어가지 않고 몸을 일으켜 바에 기

댄 채 제이콥을 뚫어지게 바라본다.

퀴니가 다가온다. 주문을 하는 퀴니는 몹시 풀이 죽어 보인다.

퀴니
깔깔수 여섯 잔에 뇌엽 폭탄 한 잔 부탁해요.

집요정은 마지못해 발을 질질 끌며 퀴니가 주문한 술을 가지러 간다. 제이콥과 퀴니는 서로를 바라본다. 제이콥이 손을 뻗어 깔깔수 한 잔을 받아 든다.

퀴니
노마지는 다 코왈스키 씨 같은가요?

제이콥
(진지한 모습을 보이려 애쓰며, 거의 유혹하듯)
아뇨, 나 같은 사람은 오직 한 명뿐입니다.

퀴니와 계속 강렬한 시선을 교환하며, 제이콥은 술을 그대로 입에 털어 넣는다. 갑자기 그가 귀에 거슬리는 높은 소리로 깔깔대기 시작한다. 놀란 듯한 제이콥의 표정을 보고 퀴니가 달콤하게 웃는다.

카메라가 집요정을 비춘다. 집요정은 어느 거인에게 술을 내주고 있다. 거인의 손이 하도 커서 들고 있는 머그잔이 매우 작아 보인다.

카메라가 테이블에 단둘이 앉아 있는 뉴트와 티나를 비춘다. 어색한 침묵이 흐른다. 뉴트는 술집에 있는 사람들을 관찰한다. 복면을 쓰고 심한 흉터를 지닌 마녀와 마법사 들이 마법 도구를 걸고 룬 문자가 적힌 주사위를 던져 도박을 하는 중이다.

티나
(주변을 둘러보며)
여기 있는 사람 반은 내가 체포했어요.

뉴트
내가 신경 쓸 일이 아니라고 하실지도 모르지만….
아까 죽음의 마법약 안에서 뭔가를 봤어요. 당신을요…. 그 제2의 세일럼 교회 아이를 끌어안고 있더군요.

티나
그 애 이름은 크레덴스예요. 엄마가 때리죠. 입양한 아이들을 전부 때리는데, 크레덴스를 제일 싫어하는 것 같아요.

뉴트
(문득 깨닫고)
그 여자가 당신이 공격한 노마지인가요?

티나
그래서 내가 일자리를 잃은 거예요. 그 여자를 따르는 미치광이들이 모인 데서 그 여자한테 덤벼들었거든요. 그 사람들 모두에게 망각 주문을 걸어야 했어요. 엄청난 사건이었죠.

퀴니가 건너편에서 손짓한다.

퀴니
(속삭이듯)
왔어.

날라크가 주류 밀매점 안쪽 깊은 곳에서 모습을 드러냈다. 고블린치고는 말쑥하게 차려입고 시가를 피우는 날라크는 마피아 두목같이 음흉하고 능청스럽게 군다. 날라크는 새로 온 사람들을 의뭉스럽게 바라보며 걸어온다.

재즈 가수 (O.S.)
그래, 사랑이 그 짐승들을 휘저어 놓았다네
위험한 이들과 온순한 이들이 모두 뜻을 같이했지

깃털도, 양털도, 보드라운 털도 모두 헝클어져
사랑은 우리 모두를 미치게 하니까.

날라크는 뉴트와 티나가 앉아 있는 식탁 끄트머리에 자리를 잡는다. 그에게서 자신감과 위협적인 지배력이 느껴진다. 집요정이 서둘러 그에게 술을 한 잔 가져온다.

날라크

그러니까… 자네가 괴물이 잔뜩 든 가방을 갖고 다닌다는 그 친구인가 보군, 응?

뉴트

소문이 빠르네요. 혹시 뭔가를 발견했다는 이야기가 있다면 좀 말씀해 주세요. 흔적이라든지, 그런 것 말입니다.

날라크는 술을 단숨에 들이켠다. 또 다른 집요정이 그에게 서명할 문서를 가져다 준다.

날라크

거액의 현상금이 걸렸더군, 스캐맨더 씨. 내가 신고하지 않고 당신을 도와야 할 이유가 뭐지?

뉴트

뭔가 보상을 원한다는 말씀으로 알아듣겠습니다.

집요정이 서명한 문서를 가지고 허둥지둥 자리를 뜬다.

날라크

흠…. 봉사료라고 해 두지.

뉴트가 갈레온 금화 몇 닢을 꺼내 탁자 건너에 있는 날라크를 향해 미끄러뜨리지만, 날라크는 고개조차 들지 않는다.

날라크

(별다른 감흥이 없는 듯)

하…. MACUSA에서 건 돈은 이보다 많은데 말야.

짧은 침묵.

뉴트는 아름다운 금속제 도구를 꺼내 탁자에 올려놓는다.

날라크

달 망원경? 다섯 개나 가지고 있어.

뉴트는 코트 주머니를 뒤져 반짝이는 선홍색의 꽁꽁 언 알을 대신 꺼내 놓는다.

뉴트

꽁꽁 얼린 애시윈더 알입니다!

날라크

(마침내 관심을 보이며)

자…. 이제야 우리가….

날라크는 문득 피켓을 알아본다. 피켓은 때마침 뉴트의 주머니에서 머리를 삐죽 내밀고 밖을 엿보고 있다.

날라크

…잠깐, 그거 보우트러클이지, 아닌가?

피켓이 쏙 들어가자 뉴트는 방어적으로 주머니에 손을 올린다.

뉴트

아닌데요.

날라크

아, 왜 이러시나. 보우트러클 맞잖아. 자물쇠 따는 애들. 아닌가?

뉴트

이 녀석은 넘겨줄 수 없습니다.

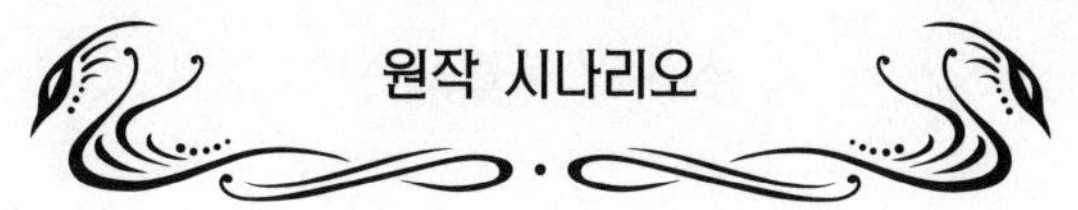

날라크

그럼 살아서 돌아가도록 행운을 빌어 주겠네, 스캐맨더 씨. MACUSA 전체가 자네 뒤를 쫓고 있으니 말이야.

날라크는 일어나 자리를 뜬다.

뉴트

(괴로워하며)

알았어요.

날라크는 뉴트를 등진 채 악랄한 미소를 짓는다.

뉴트가 주머니에서 피켓을 겨우 꺼낸다. 피켓은 뉴트의 두 손에 매달려 미친 듯이 딸깍거리는 소리를 내며 칭얼댄다.

뉴트

피켓….

뉴트는 천천히 피켓을 날라크에게 넘겨준다. 피켓이 작은 두 팔을 뉴트를 향해 뻗으며 자기를 다시 데려가라고 애원한다. 뉴트는 차마 그를 보지 못한다.

날라크

그래, 좋아….

(뉴트에게)

눈에 보이지 않는 무언가가 5번가 근처를 엉망으로 만들었다더군. 메이시스 백화점을 확인해 보는 게 좋을 거야. 자네가 찾는 걸 발견하는 데 도움이 될 걸세.

뉴트

(낮은 소리로)

두걸….

(날라크에게)

좋습니다, 마지막으로 하나 더요. MACUSA에서 일하는 그레이브스라는 사람 있잖아요. 그 사람 배경에 대해 아는 게 있는지 궁금합니다.

날라크는 뉴트를 빤히 바라본다. 할 수 있는 말은 아주 많지만, 그 말을 입에 올리느니 차라리 죽고 말겠다는 듯한 기색이다.

날라크

질문이 참 많군, 스캐맨더 씨. 그러다 죽을 수도 있다네.

카메라가 유리병이 잔뜩 담긴 상자를 나르는 집요정을 비춘다.

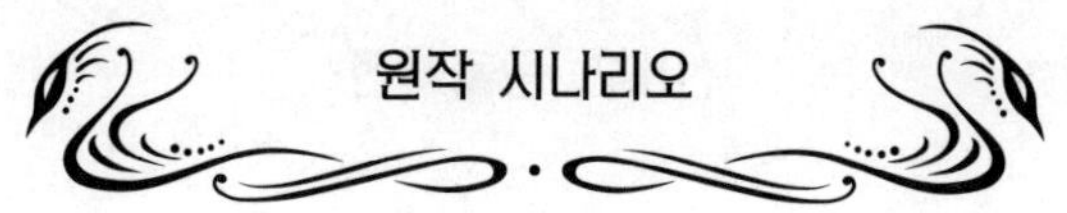

집요정

MACUSA가 떴다!

집요정은 순간이동으로 사라진다. 술집의 다른 손님들도 모두 서둘러 집요정처럼 사라진다.

티나

(자리에서 일어나며)

당신이 찔렀지!

날라크는 두 사람을 응시하며, 위협하듯 킬킬 웃어 댄다.

퀴니 뒤쪽 벽에 붙어 있던 현상 수배 포스터가 뉴트와 티나의 얼굴로 바뀐다.

오러들이 순간이동으로 이 무허가 술집에 나타나기 시작한다.

제이콥이 아무것도 모르는 듯한 표정으로 어슬렁거리며 날라크에게 걸어온다.

제이콥

죄송합니다, 날라크 씨….

제이콥이 날라크의 얼굴 정면에 주먹을 날려 뒤로 나자빠뜨린다.

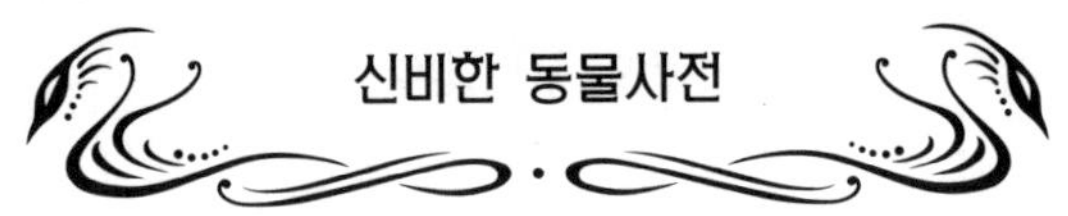

퀴니가 대단히 기뻐한다.

제이콥
…우리 공장 감독이 생각나서 말이에요!

술집 이곳저곳에서 다양한 손님들이 오러들에게 체포된다.

뉴트가 피켓을 찾아 바닥을 서둘러 기어다닌다. 뉴트 주변에서는 사람들이 사방으로 내달리고 오러들을 피해 몸을 날리면서 술집에서 탈출하려 하고 있다. 뉴트가 마침내 탁자 다리에 매달려 있던 피켓을 찾아내 녀석을 낚아채서는 일행에게로 달려간다.

제이콥이 깔깔수를 한 잔 더 집어 들더니 벌컥 들이켠다. 제이콥이 배꼽을 잡고 깔깔거릴 때 뉴트가 제이콥의 팔꿈치를 붙잡자 일행은 순간이동으로 사라진다.

SCENE 83

실내. 제2의 세일럼 교회. 밤.

기다란 방 안은 전구 몇 개로 어둠침침하게 밝혀져 있다. 거의 아무 소리도 나지 않는다.

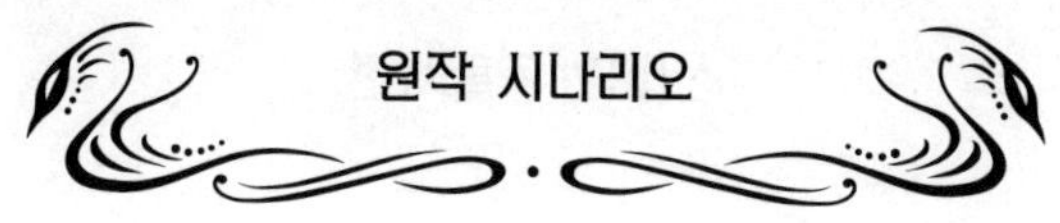

채스터티가 교회 한가운데에 있는 기다란 탁자에 새침하게 앉아 있다. 늘 하던 대로 전단지를 정리해 작은 가방 여러 개에 나누어 담는다.

모데스티는 원피스 잠옷 차림으로 맞은편에 앉아 책을 읽고 있다. 배경 어느 깊숙한 곳에서는, 메리 루가 침실에서 분주하게 무언가를 하고 있다.

모데스티만이 위층에서 쾅 하고 울린 작은 소리를 알아차린다.

SCENE 84

실내. 모데스티의 침실. 밤.

암울한 방. 싱글 침대와 기름등잔이 하나씩 있고, 벽에는 '죄악의 알파벳'이라고 자수를 새긴 견본 작품이 걸려 있다. 모데스티의 인형들이 선반 위에 줄지어 있다. 어떤 인형의 목에는 올가미가 걸려 있고 또 다른 인형은 말뚝에 묶여 있다.

크레덴스가 모데스티의 침대 밑으로 들어가려고 발버둥 친다. 그곳에 감춰진 상자와 물건 들을 살펴보다가 갑자기 멈추고는 무언가를 빤히 바라본다….

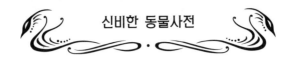

SCENE 85

실내. 제2의 세일럼 교회. 밤.

모데스티가 계단 아래에 서서 위를 올려다보고 있다. 그녀가 천천히 계단을 올라간다.

SCENE 86

실내. 모데스티의 침실. 밤.

침대 밑, 크레덴스의 얼굴을 비추는 카메라. 크레덴스가 장난감 지팡이를 발견했다. 그는 지팡이에 시선을 고정한 채 계속 바라본다.

크레덴스 뒤로 모데스티가 들어온다.

모데스티
뭐하고 있어, 크레덴스 오빠?

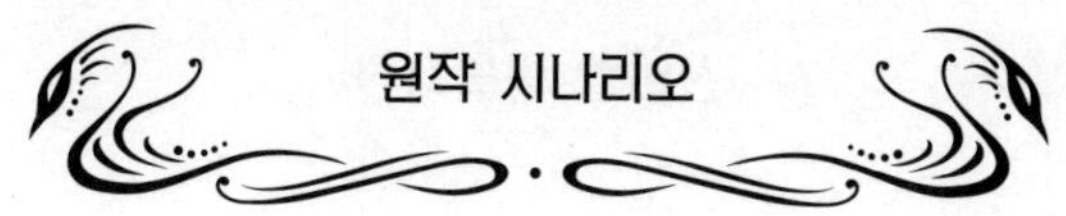

크레덴스는 서둘러 빠져나오려다 침대에 머리를 부딪친다. 먼지 투성이에 겁을 먹은 크레덴스. 크레덴스는 모데스티가 혼자인 걸 알고서 안도하지만 모데스티는 지팡이를 보고 공포에 질린다.

크레덴스
이거 어디서 났어?

모데스티
(겁에 질려 속삭이듯)
돌려줘, 오빠. 그냥 장난감이야!

쾅 소리가 나며 문이 열린다. 메리 루가 들어온다. 그녀의 눈길이 모데스티에게서 크레덴스와 그가 들고 있는 장난감 지팡이로 옮겨 간다. 메리 루는 지금껏 보았던 어떤 때보다 더 격하게 화를 낸다.

메리 루
(크레덴스에게)
이게 뭐지?

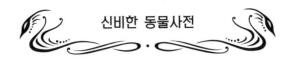

SCENE 87

실내. 제2의 세일럼 교회. 밤.

채스터티에게 고정된 카메라. 채스터티는 여전히 가방에 전단지를 담고 있다.

메리 루 (O.S.)
허리띠 풀어!

채스터티가 층계참을 힐끗 올려다본다.

SCENE 88

실내. 제2의 세일럼 교회, 위층 층계참. 밤.

메리 루가 교회 본당이 내려다보이는 층계참에 서 있다. 아래에서 올려다보이는 메리 루의 모습은 막강하여 거의 신격화되어 보인다.

메리 루가 크레덴스에게 몸을 돌리고는 천천히, 증오에 찬 표정으로 지팡이를 두 동강 낸다.

모데스티가 몸을 움츠리고 크레덴스는 허리띠를 풀기 시작한다. 메리 루가 손을 내밀어 허리띠를 받아 든다.

크레덴스

(애원하며)

어머니….

메리 루

난 네 어미가 아니야! 네 어미는 사악하고, 정상이 아니었다!

모데스티가 둘 사이에 억지로 끼어든다.

모데스티

그건 제 거였어요.

메리 루

모데스티….

갑자기 허리띠가 초자연적 방법으로 메리 루의 손에서 쑥 뽑혀 나오더니 죽은 뱀처럼 저쪽 구석에 떨어진다. 메리 루가 자기 손을 바라본다. 허리띠가 뽑혀 나올 때 가해진 힘으로 손에 상처가 나 피가 흐르고 있다.

어안이 벙벙해진 메리 루는 모데스티와 크레덴스를 번갈아 가며 바라본다.

메리 루
(겁에 질린 기색을 감추며)
이게 무슨 짓이지?

모데스티는 반항하듯 메리 루를 똑바로 마주 쏘아본다. 배경에서는 크레덴스가 몸을 웅크리고 앉아 무릎을 감싸 안은 채 떨고 있는 모습이 보인다.

침착한 태도를 애써 유지하며 메리 루가 허리띠를 되찾아오려고 천천히 움직인다. 메리 루의 손이 닿기도 전에 허리띠는 바닥을 미끄러지듯 달아난다.

메리 루가 뒷걸음질 친다. 그녀의 눈에 두려움의 눈물이 차오르고 있다. 그녀는 아이들 쪽으로 천천히 몸을 돌린다.

메리 루가 움직이려는 그때, 엄청난 힘이 폭발적으로 그녀에게 들어간다. 짐승 같고 날카롭게 귀에 거슬리는 소리를 내는 검은 덩어리가 메리 루를 삼켜 버린다. 그 힘이 메리 루를 뒤쪽으로 내던질 때, 메리 루는 피가 얼어붙을 것만 같은 비명을 내지르며 나무 기둥에 부딪치더니 발코니 너머로 내팽개쳐진다.

메리 루는 교회 본당의 바닥에 쾅 떨어진다. 숨은 끊어졌고 얼굴에는 쇼 상원 의원의 얼굴에서 본 것과 똑같은 상처가 나 있다.

어둠의 힘은 교회 안을 날아가며 식탁을 뒤집어엎고 눈에 보이는 모든 것을 파괴해 버린다.

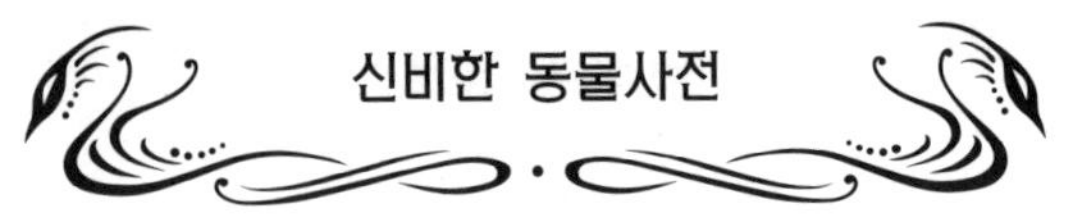

SCENE 89

실외. 백화점. 밤.

백화점의 와이드 숏. 백화점 진열창마다 화려한 옷을 입은 마네킹이 가득하다.

제이콥이 백화점 진열창으로 다가가며 어느 핸드백을 뚫어지게 바라보는데, 그 핸드백이 저절로 마네킹의 팔을 미끄러져 내려오는 것처럼 보인다. 뉴트와 티나, 퀴니가 서둘러 제이콥을 뒤따라와 가방이 허공을 맴돌다가 백화점 안쪽으로 둥실둥실 떠가는 모습을 지켜본다.

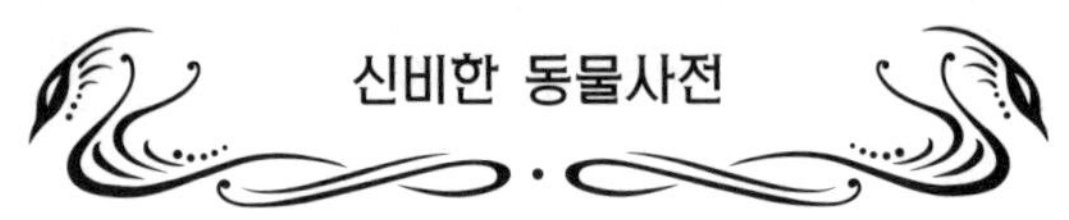

SCENE 90

실내. 백화점. 밤.

진열이 잘된 백화점에는 크리스마스 장식이 되어 있다. 통로마다 값비싼 장신구와 신발, 모자, 향수가 가득하다. 백화점은 밤이라 문을 닫았고, 모든 조명이 꺼져 있으며, 아무 소리도 들리지 않는 상황이다.

핸드백이 중앙 통로를 따라 둥실둥실 떠가는 모습이 보인다. 움직일 때마다 작게 꿀꿀대는 소리가 뒤따른다.

뉴트 일행은 까치발을 하고 백화점을 빠르게 가로질러 와서는, 커다란 플라스틱 크리스마스 장식물 뒤에 몸을 숨긴다. 그들은 둥실둥실 떠 있는 핸드백을 의심스러운 눈길로 올려다본다.

뉴트
(귓속말로)
자, 데미가이즈들은 기본적으로 온순한 동물이지만, 약이 오르면 꽤 고약하게 깨물 수도 있어요.

데미가이즈가 스스로 형체를 드러낸다. 은빛 털에 오랑우탄을 닮

은 생명체로, 호기심 가득한 얼굴에는 주름이 쭈글쭈글하다. 그 생명체는 사탕이 담긴 상자에 손을 대려고 크리스마스 장식물 위를 기어오른다.

뉴트
(제이콥과 퀴니에게)
두 사람은… 저쪽으로 가세요.

둘이 움직이기 시작한다.

뉴트
뻔하게 행동하지 않도록 주의해야 해요.

제이콥과 퀴니는 자리를 뜨기 전 무슨 소리인지 모르겠다는 눈빛을 주고받는다.

멀리서 무언가가 포효하는 소리가 작게 들려온다.

카메라가 데미가이즈를 비춘다. 데미가이즈는 방금 전의 소리를 듣고 천장을 올려다보더니, 계속해서 사탕을 핸드백에 주워 담는다. 이윽고 쓸어 담다시피 한다.

티나 (O.S.)
방금 그 소리도 데미가이즈가 낸 거예요?

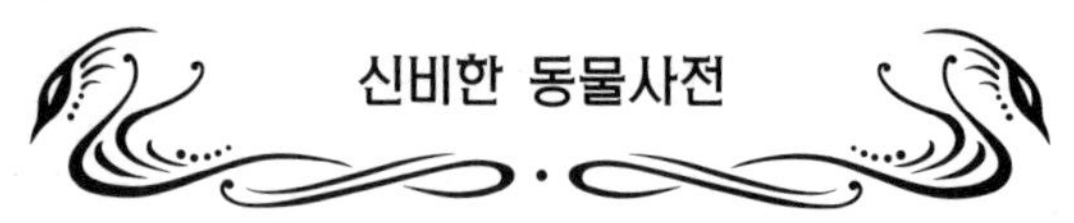

뉴트

아뇨, 데미가이즈가 여기 온 이유가 바로 저것 때문인 것 같아요.

뉴트와 티나를 비추는 카메라. 둘은 데미가이즈가 있는 곳을 향해 통로를 따라 신속히 이동한다. 이제 데미가이즈는 백화점을 가로질러 멀어져 가고 있다.

자신이 발각되었다는 사실을 깨달은 데미가이즈가 돌아서서 짓궂은 표정으로 뉴트를 바라보더니, 옆 계단을 연달아 오른다. 뉴트는 미소 지으며 그 뒤를 쫓아 움직인다.

SCENE 91

실내. 백화점, 다락 보관 창고. 밤.

거대하고 어두운 다락 공간. 저녁 만찬용 식기 세트와 찻잔, 일반적인 부엌 용품 등 각종 사기 제품이 담긴 상자가 죽 늘어선 선반이 바닥부터 천장까지 가득하다.

데미가이즈가 달빛 한 조각을 받으며 다락을 거닌다. 주변을 힐끗 둘러보더니 멈추어 서서 과자류가 가득 담긴 핸드백을 비워

낸다.

뉴트 (O.S.)
데미가이즈의 눈은 확률에 따라 작동해요. 그래서 가까운 미래에 일어날 가능성이 아주 높은 일을 예지할 수 있습니다.

뉴트가 데미가이즈 뒤로 살금살금 다가가며 모습을 드러낸다.

티나 (O.S.)
그럼 지금은 뭘 하는 거죠?

뉴트
아이를 돌보는 거예요.

데미가이즈는 사탕 하나를 들어 올린다. 누군가 혹은 무언가에게 먹어 보라고 건네주는 듯하다.

티나
방금 뭐라고 했어요…?

뉴트
(차분하게, 속삭이며)
내 잘못이에요. 전부 데리고 있다고 생각했는데….

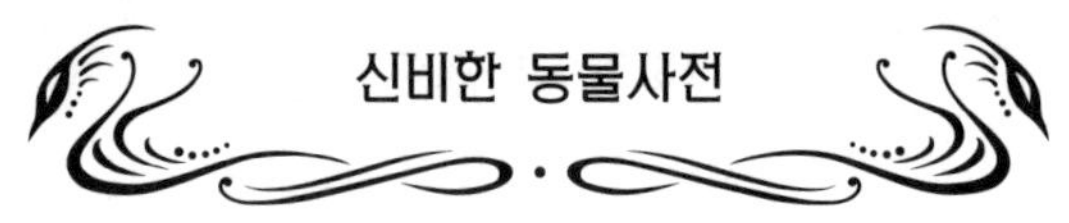

내가 숫자를 잘못 셌나 봐요.

제이콥과 퀴니가 조용히 들어온다. 뉴트는 침착하게 앞으로 나아가 데미가이즈 옆에 무릎을 꿇는다. 데미가이즈는 뉴트에게 사탕 바로 앞의 공간을 내어 준다. 뉴트는 조심스럽게 가방을 내려놓는다.

카메라가 티나를 비추자 빛의 방향이 변하면서 다락 서까래 뒤에 숨어 있던 엄청나게 큰 동물의 비늘이 드러난다. 티나는 공포에 질려 눈을 든다.

티나

저걸 돌보고 있었던 거라고요?

카메라가 천장을 비추면 오캐미의 얼굴이 시야에 들어온다. 뉴트의 가방 속에서 본, 뱀을 닮은 작고 푸른 새와 생김새가 같다. 이 오캐미는 똬리를 튼 몸이 다락의 지붕 공간 전체를 꽉 채울 정도로 거대하다.

오캐미가 뉴트와 데미가이즈에게 천천히 다가온다. 데미가이즈는 다시 한 번 사탕을 주려 한다. 뉴트는 미동도 하지 않는다.

뉴트

오캐미는 공간 충전적*이에요. 공간을 다 채울 수 있는 크기로 자라나죠.

오캐미가 뉴트를 발견하더니 뉴트에게 목을 쭉 뺀다. 뉴트가 부드럽게 한 손을 들어 올린다.

뉴트

엄마 왔다.

카메라가 데미가이즈를 비추자 데미가이즈의 두 눈이 눈부신 푸른빛을 내며 번쩍인다. 데미가이즈가 어떤 불길한 미래를 보고 있다는 징조다.

플래시컷:

크리스마스 장식용 방울이 바닥을 굴러온다. 오캐미가 겁에 질려 허둥대는 가운데 뉴트가 오캐미의 등을 꽉 붙들고서 다락 이곳저곳으로 내동댕이쳐지다시피 하고 있다. 데미가이즈가 갑자기 제이콥의 등에 올라탄다.

카메라는 갈색 눈으로 되돌아오는 데미가이즈를 다시 비춘다.

* 'choranaptyxic'는 J.K. 롤링이 만들어 낸 단어로, 그리스어로 공간을 의미하는 chor(o)와 펼쳐짐, 커짐을 의미하는 anaptyxis의 합성어이다.

퀴니가 오캐미를 뚫어지게 바라보며 천천히 앞으로 이동한다. 그 와중에 퀴니는 실수로 바닥에 놓여 있던 크리스마스 장식용 작은 유리구슬을 발로 차고 만다. 유리구슬은 딸랑거리는 소리를 내며 굴러간다. 이 소리에 오캐미가 돌연 몸을 일으키며 새된 소리를 낸다. 뉴트는 이 거대한 생명체를 진정시키려 애쓴다.

뉴트

워, 워!

제이콥과 퀴니는 몸을 숨길 만한 것을 찾아 비틀거리며 뒤로 물러난다. 데미가이즈는 도망쳐 제이콥의 품 안으로 뛰어든다.

오캐미가 위에서 훅 덮쳐들어 퍼 올리듯이 뉴트를 등에 태우고는 다락 안에서 격렬하게 몸부림친다. 그 바람에 선반이 사방으로 날아간다. 뉴트가 고함을 지른다.

뉴트

잘 들어요, 곤충이 필요합니다. 어떤 종류의 곤충이든… 그리고 찻주전자도요! 찻주전자를 찾아요!

티나는 낮은 포복으로 아수라장을 뚫고 나가며, 떨어지는 물건들을 피해 뉴트가 말한 물건들을 찾으려 노력한다.

오캐미가 굉음을 내며 날개를 바닥에 내려친다. 그 순간 등에 착

달라붙은 데미가이즈가 거추장스러워서 비틀거리던 제이콥을 아슬아슬하게 비껴 간다.

뉴트는 오캐미의 괴로움이 더해 갈수록 녀석에게 매달려 있는 것이 점차 힘겨워진다. 오캐미의 날개는 이제 위쪽으로 허우적대며 건물 지붕을 부수고 있다.

제이콥이 몸을 돌린다. 그와 데미가이즈는 나무 상자 위에서 길 잃은 바퀴벌레 한 마리를 발견한다. 제이콥이 바퀴벌레를 잡으려고 위로 손을 뻗는다. 그때 오캐미의 몸 일부가 세차게 아래를 내려치면서 나무 상자가 부서지는 바람에 제이콥은 바퀴벌레를 잡을 기회를 날려 버린다.

카메라는 엄청난 투지로 바닥을 기어가며 집요하게 바퀴벌레를 쫓는 티나를 비춘다.

퀴니를 비추는 카메라. 퀴니는 오캐미의 힘에 떠밀려 바닥에 내팽개쳐지면서 비명을 내지른다. 제이콥이 퀴니 뒤편으로 달려가 앞쪽으로 몸을 날려 바닥에 엎어지며, 마침내 바퀴벌레를 당당하게 차지한다. 티나가 찻주전자를 와락 움켜잡고 고함치며 자리에서 일어난다.

티나
찻주전자요!

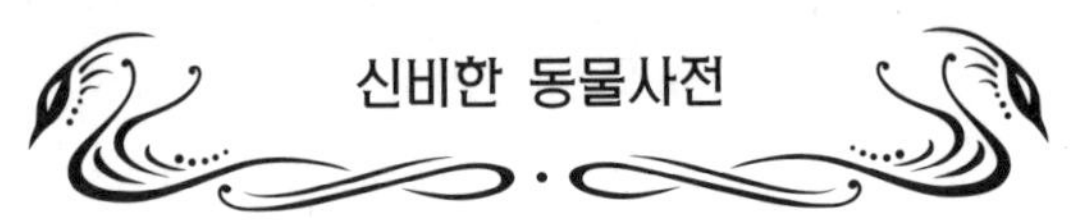

이 소음에 오캐미가 다시 한 번 고개를 쳐든다. 그 바람에 요동치던 오캐미의 꼬리가 제이콥을—데미가이즈와 함께—떨어진 서까래에 밀어붙여 꼼짝 못 하게 한다.

제이콥과 티나는 이제 서로 그 공간의 반대쪽 끝에 있다. 둘 사이에 비늘 돋친 오캐미의 몸이 버티고 있어 감히 누구도 움직이지 못한다.

카메라가 제이콥과 데미가이즈를 비춘다. 데미가이즈는 음흉하게 옆을 올려다보더니 지체 없이 모습을 감춘다. 제이콥이 천천히 몸을 돌려 데미가이즈가 바라보던 곳을 본다. 불과 몇 센티미터 떨어져 있는 오캐미의 얼굴이 제이콥이 손에 들고 있는 바퀴벌레를 엄청나게 강렬한 눈길로 쏘아보는 중이다. 제이콥은 숨이 막힐 지경이다.

뉴트가 오캐미의 머리 너머로 제이콥을 보며 속삭인다.

> 뉴트
> 바퀴벌레를 찻주전자 안에….

제이콥은 침을 꿀꺽 삼키며, 바로 옆에 있는 거대한 생물과 눈을 맞추지 않으려고 애쓴다.

제이콥
(오캐미를 진정시키려고 노력하며)
쉬이이잇!

제이콥은 눈을 크게 뜨고 티나를 바라보며 자기 의도를 전한다.

슬로모션으로:

제이콥이 바퀴벌레를 던진다. 바퀴벌레가 허공으로 날아오르는 동시에 오캐미의 몸이 다시 한 번 움직이기 시작해 똬리를 풀고 다락 공간 전체에 소용돌이치는 모습이 보인다.

뉴트가 오캐미의 등에서 뛰어내려 안전하게 바닥을 딛고 서는 동안 퀴니는 체를 머리에 뒤집어쓰고 몸을 숨긴다.

티나는 찻주전자를 앞으로 쭉 내민 채 오캐미의 똬리를 뛰어넘으며 달린다. 영웅적인 장면. 그녀는 그 공간의 한가운데에 무릎으로 착지하고, 바퀴벌레는 완벽하게 찻주전자 안으로 떨어진다.

오캐미는 몸을 쳐들어 위로 치솟는 동시에 몸집이 아주 빠르게 줄어들더니 머리부터 들이민다. 티나가 고개를 숙이며 충돌에 대비한다. 오캐미가 찻주전자를 향해 속도를 내더니 매끄럽게 안으로 미끄러져 들어간다.

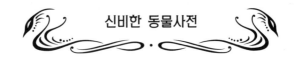

뉴트가 앞으로 달려 나와 찻주전자 뚜껑을 꽉 닫는다. 뉴트와 티나가 가쁜 숨을 내뱉는다. 안도의 한숨.

뉴트

공간 충전적이죠. 오캐미는 공간에 맞춰 *줄어들기*도 합니다.

찻주전자 안을 비추는 카메라. 이제는 아주 작아진 오캐미가 게걸스럽게 바퀴벌레를 먹어 치우고 있다.

티나

솔직히 말해 봐요. 가방에서 나온 건 저게 전부인가요?

뉴트

이게 다예요. 진짜로요.

SCENE 92

실내. 뉴트의 가방. 잠시 후. 밤.

제이콥이 데미가이즈의 손을 잡고 녀석의 우리를 지나간다.

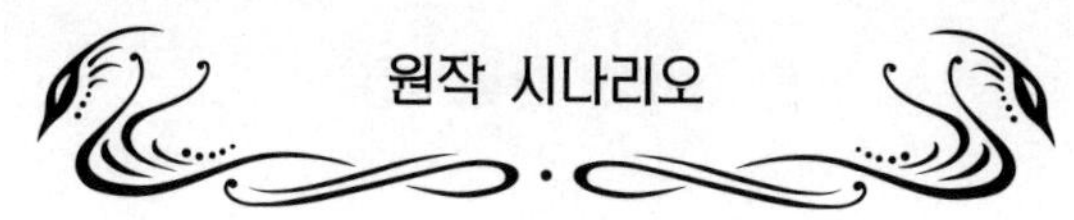

뉴트 (O.S.)
저기 오네요.

제이콥이 데미가이즈를 들어 올려 둥지에 넣는다.

제이콥
(데미가이즈에게)
집에 와서 좋으니? 무지 피곤하겠다, 요 녀석아. 어서… 잘한다. 옳지.

티나가 머뭇거리며 새끼 오캐미를 들고 있다. 뉴트가 지켜보는 가운데, 티나는 부드러운 손길로 새끼 오캐미를 둥지에 넣는다.

카메라는 티나가 에럼펀트를 돌아보는 모습에 고정되어 있다. 에럼펀트는 이제 울타리 안을 쿵쿵대며 걸어 다니고 있다. 티나의 얼굴 가득 경이감과 감탄이 번진다. 제이콥은 그녀의 표정을 보며 키득댄다.

뉴트의 주머니에 들어 있던 피켓이 그를 날카롭게 꼬집는다.

뉴트
아야!

뉴트는 피켓을 끄집어내 손에 올린 채 여러 우리들을 거닌다.

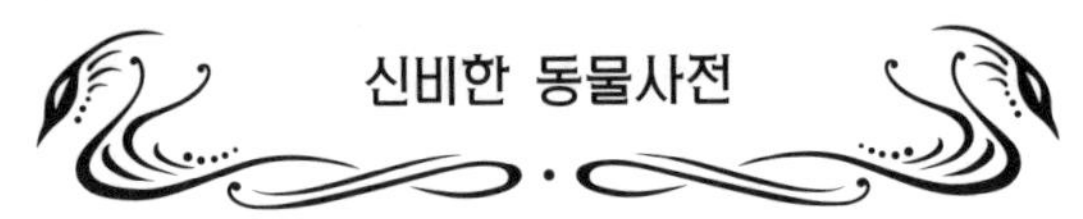

니플러가 온갖 보물에 둘러싸인 작은 보금자리에 앉아 있는 모습이 보인다.

뉴트

그래…. 우리 얘기 좀 해야할 것 같아. 있잖아, 난 그자가 너를 데려가도록 놔두지 않았을 거야, 피켓. 피켓, 너를 보내 버리느니 차라리 내 손을 잘라 내는 게 낫다니까…. 네가 나한테 해 준 일이 그렇게 많은데…. 이제 그만.

뉴트는 프랭크의 구역에 접어들었다.

뉴트

피켓, 전에도 토라지는 문제로 얘기했잖아, 안 그래? 피켓…. 한 번 웃어 봐. 피켓, 나한테 한 번….

피켓은 아주 작은 혀를 내밀더니 뉴트에게 바람 빠지는 소리를 내며 야유한다.

뉴트

진짜 이러기야? 이건 너답지 않아.

뉴트는 피켓을 어깨에 올려놓더니 다양한 먹이가 담긴 양동이를 가지고 분주하게 움직이기 시작한다.

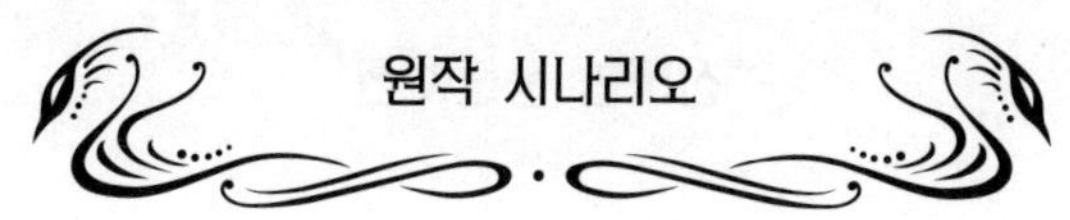

카메라가 뉴트의 오두막 안에 있는 사진을 비춘다. 그 사진 속에 아름다운 소녀가 있다. 소녀는 의미심장한 미소를 짓고 있다. 퀴니가 그 사진을 응시한다.

퀴니

저기, 뉴트. 이 사람은 누구예요?

뉴트

아…. 아무도 아니에요.

퀴니

(뉴트의 마음을 읽고)

리타 레스트레인지? 그 가문에 대한 얘기는 저도 들은 적 있어요. 그 사람들 좀… 그렇죠?

뉴트

부탁인데, 제 마음을 읽지 말아 주세요.

퀴니가 뉴트의 머리에서 온갖 사연을 길어 내는 동안 짧은 침묵이 흐른다. 퀴니는 매우 흥미를 느끼면서도 슬퍼하는 듯하다. 뉴트는 퀴니가 자기 마음을 읽지 않은 듯이 행동하려고 애쓰며 작업을 계속한다.

퀴니가 앞으로 나아가, 뉴트에게 바짝 다가간다.

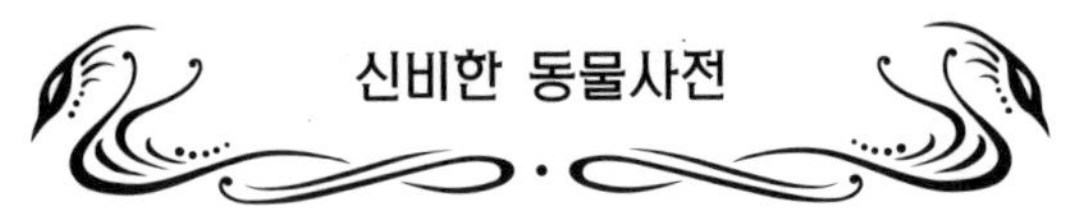

뉴트

(화를 내며, 당황해서)

죄송한데, 그러지 말라고 부탁 드렸는데요.

퀴니

알아요, 미안해요. 어쩔 수가 없어요. 사람들은 상처받았을 때 마음이 가장 잘 읽히거든요.

뉴트

저는 상처받지 않았어요. 어쨌거나 오래전 일이고요.

퀴니

학교에서 무척 친한 사이였군요.

뉴트

(무시하려 들며)

네, 뭐, 우리 둘 다 학교에 적응하지 못했으니까요. 그래서 우린….

퀴니

가까웠죠. 몇 년 동안이나.

배경에 티나가 보인다. 티나는 뉴트와 퀴니가 이야기 나누는 걸

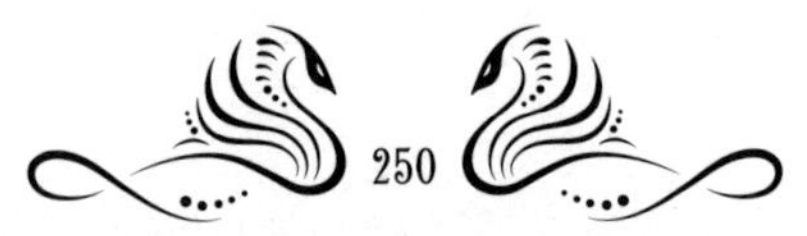

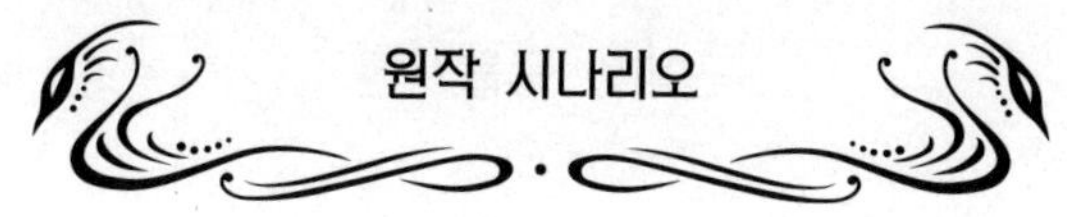

알아챘다.

퀴니
(걱정하며)
그 사람은 받기만 하는 사람이었어요. 뉴트 당신한테는 줄 줄 아는 사람이 필요하고요.

티나가 둘을 향해 걸어온다.

티나
둘이 무슨 얘기 하고 있어?

뉴트
어, 아무 얘기도요.

퀴니
학교 얘기 했어.

뉴트
학교 얘기죠.

제이콥
(재킷을 입으며)
학교라고 했어요? 학교가 있단 말이에요? 마법사들

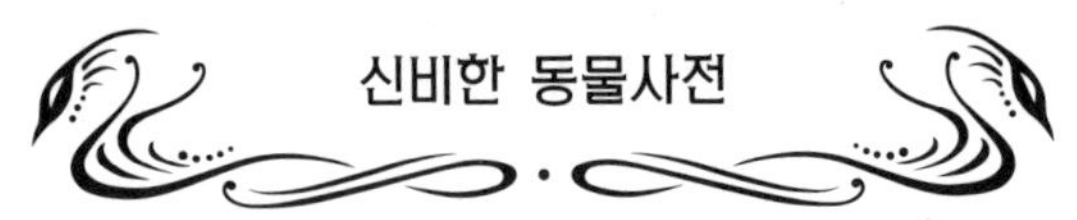

의 학교가 여기에? 미국에?

퀴니

당연하죠. 일버르모니예요! 전 세계에서 가장 훌륭한 마법사 학교죠!

뉴트

세계에서 가장 훌륭한 마법사 학교는 호그와트라는 걸 알게 되실 겁니다!

퀴니

'호구'와트 아니고요?

어마어마한 천둥소리. 천둥새 프랭크가 새된 소리를 내며 공중으로 솟아올라 날개를 힘차게 퍼덕인다. 그 와중에 프랭크의 몸이 검은색과 금색으로 바뀌며, 두 눈에서는 번갯불이 번뜩인다.

뉴트가 자리에서 일어나 천둥새를 걱정스럽게 살펴본다.

뉴트

위험. 프랭크는 위험을 감지한 거예요.

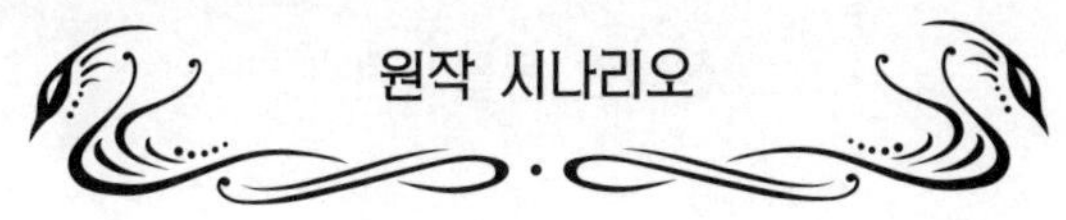

SCENE 93

실외. 제2의 세일럼 교회. 밤.

그레이브스가 순간이동으로 어둠 속에서 나타난다. 지팡이를 뽑아 들고 그는 천천히 교회로 다가가 대학살의 현장을 살펴본다. 긴장했다기보다 아주 흥미로운 듯, 거의 흥분해 있다.

SCENE 94

실내. 제2의 세일럼 교회. 밤.

이 장소는 파괴되었다. 지붕 틈새로 달빛이 새어 들고, 채스터티는 방금 전의 공격으로 발생한 잔해 사이에 죽어 널브러져 있다.

그레이브스는 여전히 지팡이를 뽑아 든 채 천천히 교회로 들어선다. 음산하게 흐느끼는 소리가 건물 안 어딘가에서 들려온다.

메리 루의 시체가 그레이브스 앞의 바닥에 누워 있다. 그녀의 얼굴에 난 상처가 달빛에 드러난다. 그레이브스는 시체를 자세히 살펴본다. 그의 얼굴에 무언가 깨달은 듯한 표정이 떠오른다. 공포가 아닌, 경계심과 강렬한 관심뿐.

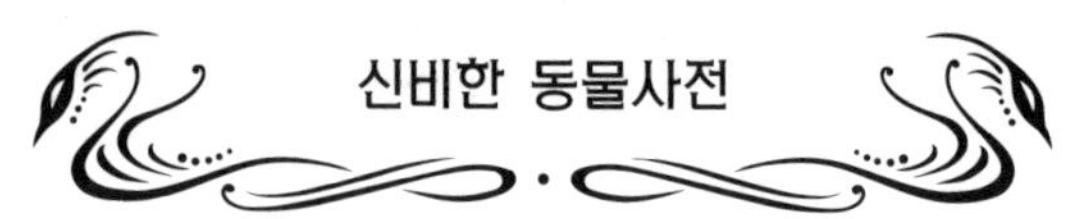

카메라가 크레덴스에게 초점을 맞춘다. 크레덴스는 교회 한구석에 몸을 웅크린 채 훌쩍이며 죽음의 성물 펜던트를 꽉 쥐고 있다. 그레이브스가 재빨리 그에게로 걸어가 허리를 숙이며 크레덴스의 머리를 끌어안는다. 하지만 크레덴스에게 말을 건네는 그레이브스의 목소리는 조금도 부드럽지 않다.

그레이브스

옵스큐리얼이… 여기에 왔었니? 어디로 갔지?

크레덴스는 그레이브스의 얼굴을 올려다본다. 극심한 충격으로 말문이 막힌 채 애정을 갈구하는 표정을 짓고 있다.

크레덴스

도와주세요. 절 도와주세요.

그레이브스

너한테 여동생이 한 명 더 있다고 하지 않았어?

크레덴스는 다시 흐느끼기 시작한다. 그레이브스가 크레덴스의 목에 손을 올린다. 애써 냉정을 유지하느라 얼굴이 일그러진다.

크레덴스

제발 도와주세요.

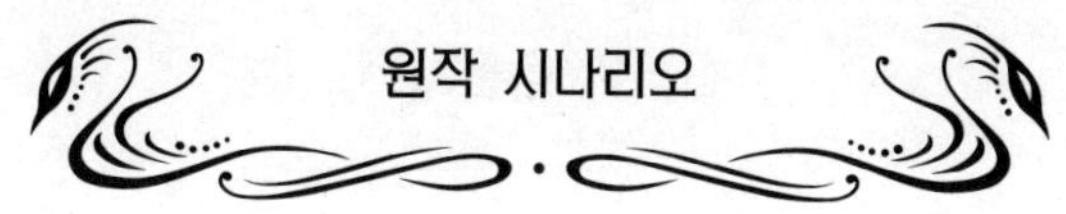

그레이브스

다른 여동생은 어디 갔니, 크레덴스? 더 어린 애 말이야. 그 애는 어디로 갔지?

크레덴스는 몸을 떨며 웅얼거린다.

크레덴스

제발 절 도와주세요.

갑자기 포악해진 그레이브스가 크레덴스의 뺨을 세게 후려친다.

크레덴스는 놀라서 멍하니 그레이브스를 바라본다.

그레이브스

네 동생은 심각한 위험에 처했어. 그 애를 찾아내야 해.

크레덴스는 경악한다. 자신의 영웅이 자기를 때렸다는 사실을 이해할 수가 없다. 그레이브스가 크레덴스를 꽉 붙잡아 일으켜 세우고, 둘은 순간이동으로 사라진다.

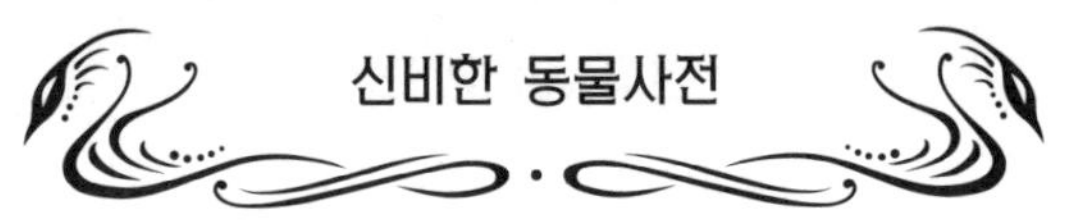

SCENE 95

실외. 브롱크스의 공동 주택. 밤.

인적이 드문 거리. 그레이브스가 크레덴스를 앞장세워 공동 주택으로 다가간다.

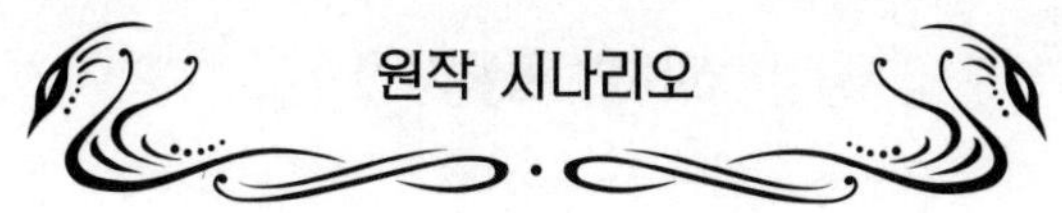

SCENE 96

실내. 브롱크스의 공동 주택, 복도. 밤.

안으로 들어오니 건물은 비참하고도 다 허물어져 가고 있다. 크레덴스와 그레이브스가 계단을 올라간다.

그레이브스 (O.S.)
여긴 어디지?

크레덴스
어머니가 모데스티를 여기서 입양하셨어요. 원래 가족은 열두 명이었는데, 모데스티는 지금도 친형제들을 그리워해요. 아직도 그 애들 얘기를 하고요.

그레이브스는 지팡이를 손에 들고 층계참을 둘러본다. 어두운 출입구가 여러 갈래로 뻗어 있다.

크레덴스는 여전히 어쩔 줄 몰라 하며 계단에 멈추어 선다.

그레이브스
그 애는 어디 있지?

크레덴스는 눈을 내리깔며 어찌할 바를 몰라 한다.

크레덴스
모르겠어요.

고지가 코앞이기에 그레이브스는 점점 더 조바심이 난다. 그는 앞으로 나아가 여러 방 중 한 곳에 들어간다.

그레이브스
(경멸하듯)
너는 스큅이야, 크레덴스. 너를 만난 순간 알 수 있었지.

크레덴스가 갑자기 실망한 표정을 짓는다.

크레덴스
뭐라고요?

그레이브스는 다른 방을 살펴보려고 복도를 되돌아 걸어온다. 크레덴스를 염려하는 척하던 것은 완전히 잊어버렸다.

그레이브스
너는 마법사 혈통을 지녔지만, 마법사로서의 힘을 갖진 못했어.

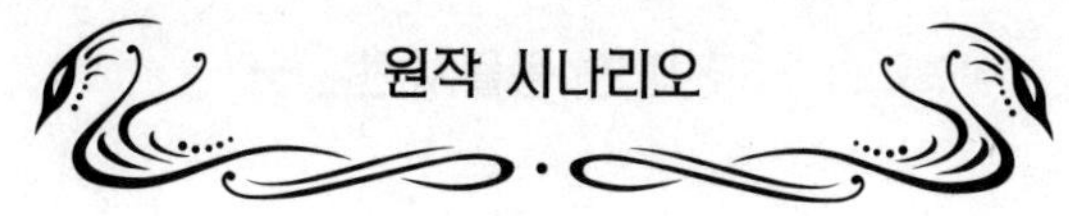

크레덴스
하지만 저한테 가르쳐주실 수 있다고 했잖아요….

그레이브스
넌 가르칠 수 없는 존재야. 너희 어머니가 죽었다.
그게 네가 받은 보상이야.

그레이브스는 또 다른 층계참을 향한다.

그레이브스
너한테는 더 볼 일이 없다.

크레덴스는 붙박인 듯 서 있다. 그가 그레이브스의 뒷모습을 뚫어지게 바라본다. 뭔가를 억누르려고 애쓰는 듯이 얕고 가쁜 호흡을 뱉는다.

그레이브스는 어두운 방들을 지나간다. 가까운 곳 어딘가에서 미세한 움직임이 인다.

그레이브스
모데스티?

그레이브스는 복도 끝의 버려진 교실로 조심스럽게 나아간다.

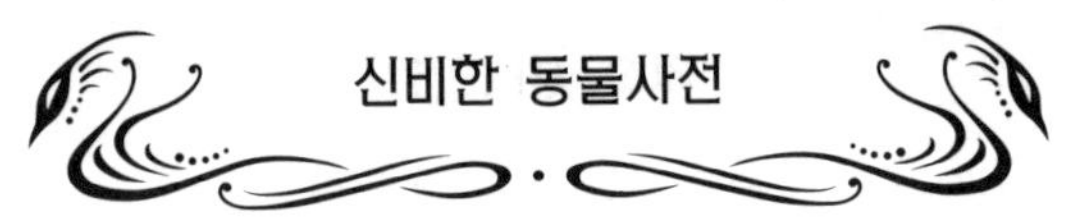

SCENE 97

실내. 브롱크스의 공동 주택, 버려진 방. 밤.

구석에서 몸을 움츠리고 있는 모데스티를 카메라가 비춘다. 그레이브스가 다가오자 모데스티는 겁에 질려 눈을 크게 뜨고 부들부들 떤다.

그레이브스
(속삭이며)
모데스티.

그레이브스는 허리를 숙이고 지팡이를 치운다. 또 한 번, 아이를 위로하는 부모의 역할을 연기한다.

그레이브스
(부드럽게)
무서워 마라. 네 오빠, 크레덴스와 같이 왔어.

모데스티는 크레덴스라는 말에 겁을 먹고 훌쩍인다.

그레이브스

자, 이제 나오너라….

그레이브스가 손을 뻗는다.

희미하게 뭔가 딸랑거리는 소리가 들린다.

카메라가 천장을 비춘다. 천장에 금이 가기 시작하더니 거미줄처럼 번져 나간다. 벽이 도저히 통제하지 못할 정도로 마구 흔들리자 먼지가 떨어지면서 두 사람이 있는 방이 무너져 내리기 시작한다.

그레이브스가 자리에서 일어난다. 그는 모데스티를 내려다보지만 모데스티는 누가 봐도 겁에 질려 있으며 이 마법의 진원지가 아니다. 그레이브스는 몸을 돌리며 천천히 지팡이를 꺼낸다. 그레이브스 정면의 벽이 마치 모래로 변한 것처럼 무너져 내리더니 앞에 또 다른 벽이 드러난다. 모데스티는 이제 더 이상 그에게 아무것도 아니다.

눈앞의 벽이 하나씩 하나씩 무너져 갈수록 그레이브스는 경악하면서도 마냥 신이 나고, 한편으로는 자기가 어마어마한 실수를 했다는 사실도 깨닫는다….

마지막 벽이 무너져 내린다. 그레이브스는 크레덴스를 마주 본

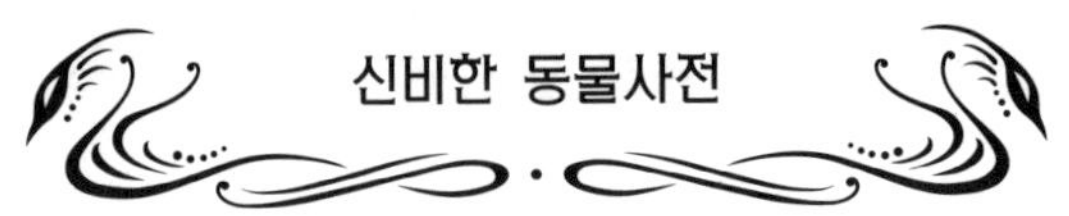

다. 크레덴스는 분노와 배신감, 억울함을 주체하지 못한 채 그레이브스를 노려보고 있다.

그레이브스
크레덴스…. 내가 사과해야겠구나….

크레덴스
전 당신을 믿었어요. 당신을 친구라고 생각했어요.
당신은 다를 거라고.

크레덴스의 얼굴이 일그러지기 시작한다. 격렬한 분노가 안에서부터 그를 찢어발기고 있다.

그레이브스
조절할 수 있어, 크레덴스.

크레덴스
(속삭이듯, 마침내 그레이브스와 눈을 맞추며)
하지만 그러고 싶지가 않은데요, 그레이브스 씨.

옵스큐러스가 크레덴스의 피부 아래에서 무시무시하게 꿈틀댄다. 인간의 소리 같지 않은 끔찍한 포효가 크레덴스의 입에서 터져 나오고, 그로부터 어둠의 형상이 꽃피기 시작한다.

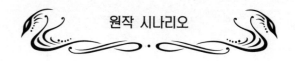

이 힘이 마침내 크레덴스를 집어삼키자 크레덴스의 몸 전체가 폭발하여 검은 덩어리가 되더니 간발의 차로 그레이브스를 지나쳐 창을 뚫고 돌진해 나간다.

그레이브스는 그 자리에 서서 옵스큐러스가 쌩 하고 빠져나가 도시 위를 휩쓸고 지나가는 모습을 지켜본다.

SCENE 98

실외. 브롱크스의 공동 주택. 밤.

옵스큐러스가 도시를 휘젓고 누비면서 대혼란을 일으키는 모습을 카메라가 뒤쫓는다. 자동차들이 허공으로 날아가고 포장도로가 파괴되며 건물들이 무너져 내린다. 옵스큐러스가 지나간 자리는 철저히 파괴되고 만다.

SCENE 99

실외. 스콰이어스 건물 옥상. 밤.

뉴트, 티나, 제이콥, 퀴니가 옥상 위, 커다란 '스콰이어스' 간판 아래에 서 있다. 옥상 가장자리에 서 있는 그들은 아래쪽에서 벌어지고 있는 대혼란을 확실하게 볼 수 있다.

제이콥
(지나치게 흥분해서)
이런…. 저게 옵스큐리아인지 뭔지 하는 거예요?

경보음이 울린다. 뉴트는 파괴 규모를 헤아리며 그 모습을 지켜보고 있다.

뉴트
저건 여태껏 들어 본 어떤 옵스큐리얼보다 강력한데요….

멀리서 유난히 커다랗게 울리는 폭발음. 그들 아래로 도시가 불타오르기 시작한다. 뉴트는 가방을 티나의 두 손에 떠맡기고 주머니에서 일기장을 꺼낸다.

뉴트
내가 돌아오지 않으면 내 생명체들을 돌봐 줘요. 필

요한 내용은 전부 이 안에 적혀 있어요.

뉴트는 티나에게 일기장을 건네주며 그녀와 가까스로 눈을 맞춘다.

티나
뭐라고요?

뉴트
(옵스큐러스를 돌아보며)
못 죽이게 막을 겁니다.

시선이 마주친 그 순간, 두 사람은 서로에게 하고 싶은 말을 입안 가득 머금는다. 잠시 후 뉴트는 옥상에서 뛰어내려 순간이동으로 사라진다.

티나
(정신 나간 듯이)
뉴트!

티나가 가방을 퀴니의 팔에 덥석 안긴다.

티나
들었지? 걔들을 돌봐 줘!

티나도 순간이동으로 사라진다. 퀴니는 가방을 제이콥에게 떠민다.

퀴니
잘 간직해요, 자기.

퀴니도 순간이동으로 사라지려 하지만 제이콥이 매달리는 바람에 휘청거린다.

제이콥
안 돼, 안 돼, 안 돼요!

퀴니
당신을 데려갈 수는 없어요. 제발 놔줘요, 제이콥!

제이콥
저기, 이봐요! 나더러 한편이라고 한 사람은 당신이라고요…. 아니에요?

퀴니
너무 위험해요.

멀리서 또 한 번 엄청나게 큰 폭발음이 들려온다. 제이콥은 퀴니를 잡은 손아귀에 더욱 힘을 준다. 퀴니는 제이콥의 마음을 읽는

다. 제이콥이 전쟁에서 경험했던 일들을 본 그녀의 얼굴이 경이로움과 애정이 뒤섞인 표정으로 변해 간다. 퀴니는 감동받는 동시에 크게 놀란다. 아주 천천히, 퀴니는 손을 들어 제이콥의 뺨을 어루만진다.

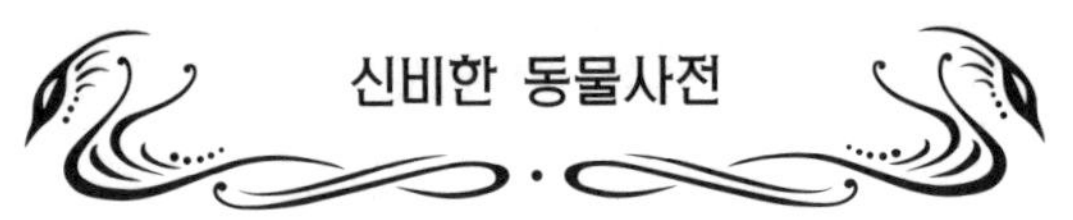

SCENE 100

실외. 타임스 스퀘어. 밤.

현장은 엄청난 혼란 그 자체다. 건물이 불타는 가운데 사람들은 비명을 지르면서 사방으로 달아난다. 자동차들은 부서진 채 길가에 놓여 있다.

그레이브스가 타임스 스퀘어를 살금살금 돌아다니고 있다. 주변에서 겪고 있는 고통에는 무관심한 채 정신을 오직 한 가지에만 집중시키고 있다.

옵스큐러스가 타임스 스퀘어 저편에서 몸부림치는 중이다. 옵스

큐러스는 고립과 학대의 산물인 상처와 고통을 겹겹이 경험했기에 그 힘은 이제 더욱 분노에 찼으며, 그 안에서는 붉은 불빛이 점점이 타오르고 있다. 크레덴스의 얼굴은 그 덩어리 안에서 겨우 알아볼 정도로 일그러지고 고통에 잠겨 있다. 그레이브스가 그 앞에 의기양양하게 선다.

뉴트가 거리 저편에서 순간이동으로 나타나 그 모습을 지켜본다.

그레이브스

(엄청난 소음을 뚫고 크레덴스에게 닿도록 고함치며)

그런 걸 안에 품고도 이렇게 오래도록 살아남은 건 기적이다, 크레덴스. 너는 기적이야. 나와 함께 가자. 우리가 손잡으면 어떤 일들을 이루어 낼 수 있을지 생각해 보거라.

옵스큐러스가 그레이브스에게 더 가까이 다가온다. 덩어리 안에서 비명 소리가 들려오며, 어둠의 힘이 다시 한 번 터져 나와 그레이브스를 땅에 쓰러뜨린다. 그 힘이 타임스 스퀘어 전체에 충격파를 쏘아 내자 뉴트는 달려가 넘어져 있는 자동차 뒤로 몸을 피한다.

티나가 타임스 스퀘어에 순간이동으로 나타나더니, 뉴트 부근에서 불타고 있는 차량 뒤에 몸을 피한다. 둘은 서로를 바라본다.

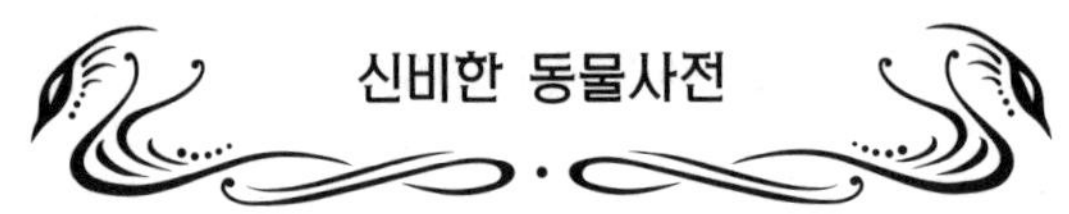

티나
뉴트!

뉴트
제2의 세일럼 교회에 있던 그 애예요. 저 아이가 옵스큐리얼이에요.

티나
크레덴스는 어린애가 아니잖아요.

뉴트
나도 알아요…. 하지만 내가 봤어요. 힘이 아주 강력한 게 틀림없어요. 어떻게 그랬는지는 모르지만 살아남았다고요. 믿을 수 없는 일이에요.

옵스큐러스가 또 한 번 고함을 내지르자, 티나는 결단을 내린다.

티나
뉴트! 그 애를 구해 줘요.

티나가 그레이브스를 향해 뛰어간다. 뉴트는 의도를 알아차리고, 순간이동으로 사라진다.

SCENE 101

실외. 타임스 스퀘어. 밤.

그레이브스가 옵스큐러스를 향해 점점 더 가까이 다가가고 있다. 옵스큐러스는 그레이브스를 향해 끊임없이 비명을 지르며 울부짖는다. 그레이브스가 금방이라도 무슨 일을 저지를 태세로 지팡이를 꺼내 든다….

그레이브스 뒤쪽에서 티나가 달려오는 모습이 보인다. 티나가 주문을 발사하지만 그레이브스가 때맞춰 몸을 돌린다. 그의 반응 속도가 믿기지 않을 만큼 빠르다.

옵스큐러스는 이제 사라져 버린다. 몹시 짜증이 난 그레이브스가 티나에게 다가가며 티나가 날리는 주문들을 아주 손쉽게 피해 버린다.

그레이브스

티나. 자네는 항상 가장 필요 없는 순간에만 나타나더군.

그레이브스가 버려진 자동차를 마법으로 소환하자 자동차가 쉭

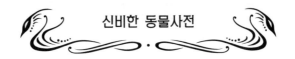

소리를 내며 공중을 날아오는 바람에 티나는 몸을 날려 간발의 차이로 피한다.

티나가 정신을 바짝 차리고 일어섰을 때는 그레이브스가 순간이동으로 사라지고 없다.

SCENE 102

실내. MACUSA 주요 수사 본부. 밤.

금속으로 된 뉴욕시의 지도에 불이 켜지며 심각한 마법 활동이 일어나고 있는 지역을 보여 준다. 피퀴리 대통령이 최고위 오러들에게 둘러싸인 채 경악하여 그 모습을 바라본다.

피퀴리 대통령
막으세요. 안 그러면 우리 존재가 드러날 거고, 그건 전쟁이 벌어진다는 뜻일 겁니다.

오러들이 즉시 순간이동 마법으로 사라진다.

SCENE 103

실외. 뉴욕의 여러 건물 옥상. 밤.

뉴트는 질주한다. 전속력으로 순간이동을 해 여러 건물 옥상을 건너며 옵스큐러스를 뒤쫓는다.

뉴트

크레덴스! 크레덴스! 내가 도와줄 수 있어.

옵스큐러스가 뉴트에게로 급강하하고, 뉴트는 간발의 차로 순간이동을 해서 사라졌다가 건물 옥상들을 건너며 계속해서 그 뒤를 쫓는다.

뉴트가 달려가는 내내 그의 주변에 주문이 쏟아져 지붕이 부서진다. 십여 명의 오러들이 나타나 정면에서 옵스큐러스를 공격하는 통에 하마터면 뉴트가 끝장날 뻔한다. 뉴트는 펄쩍 뛰어 몸을 피하며 추적을 계속하려고 안간힘을 쓴다.

옵스큐러스가 주문을 피하려고 방향을 돌리고, 지붕들을 가로지르면서 검은 눈가루 같은 것을 흩뿌리다가 비명을 지르며 물러나서는 또 한 블록을 휘돌아 간다.

옵스큐러스는 이제 굉장히 격렬한 모습으로 급격하게 허공을 날아오른다. 그 순간 파랗고 하얗게 전기 불꽃이 튀는 것 같은 주문들이 사방에서 옵스큐러스를 때린다. 마침내 옵스큐러스는 굉음을 내며 바닥에 추락해 드넓고 텅 빈 거리를 따라 내달린다. 검은색 쓰나미가 지나는 길목의 모든 것을 파괴한다.

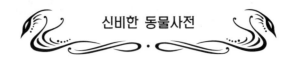

SCENE 104

실외. 지하철역 바깥. 밤.

경찰들이 줄지어 서서 자기들 쪽으로 거세게 다가오는, 공포스러운 초자연적 힘을 향해 총을 겨누고 있다.

엉겨 있는 눈앞의 덩어리가 자신들을 향해 돌진하는 것을 본 경찰들의 얼굴이 혼란스럽고 경계심 어린 표정에서 완전히 공황에 빠진 표정으로 바뀐다. 경찰들이 발포한다. 도무지 멈추지 않을 듯한 운동 에너지를 가진 덩어리 앞에서 헛된 노력일 뿐이다. 마침내 경찰들은 뿔뿔이 흩어져 거리를 따라 도망친다. 바로 그 순간 옵스큐러스가 그들에게 도달한다.

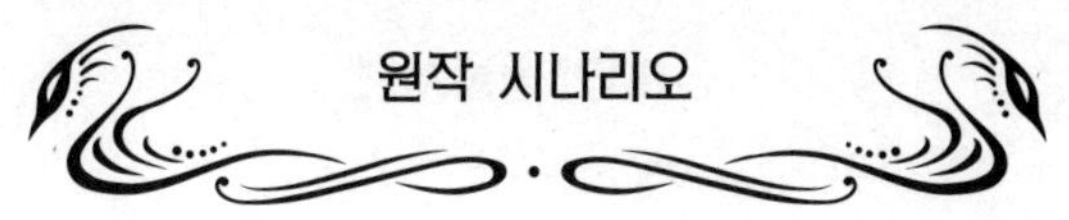

SCENE 105

실외. 옥상 / 뉴욕 거리. 밤.

카메라가 뉴트를 비춘다. 그는 고층 빌딩 꼭대기에 서서 아래를 내려다보고 있다. 옵스큐러스가 주변 건물 위로 솟아올랐다가 장관을 이루며 시청 지하철역 입구 바로 바깥의 땅바닥에 극적으로 부딪친다.

갑작스러운 고요. 입구에서 휴식을 취하고 있는 옵스큐러스에게서 맥박이 뛰는 듯 뭔가가 들썩이는 것 같은 새된 숨소리가 새어 나온다.

마침내, 뉴트가 지켜보는 가운데 검은 덩어리가 점점 줄어들어 없어지더니, 크레덴스의 작은 형상이 지하철역 계단을 내려가는 모습이 보인다.

SCENE 106

실내. 지하철역. 밤.

뉴트가 순간이동으로 시청 지하철역 안에 나타난다. 시청 지하철역은 모자이크로 장식된 아르데코 양식의 긴 터널로, 이곳에도

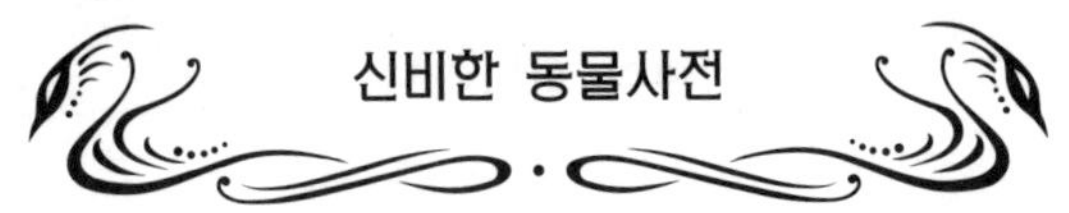

옵스큐러스가 지나간 흔적이 남아 있다. 샹들리에는 삐걱거리고 타일이 몇 장 떨어져 있다. 옵스큐러스가 궁지에 몰려 겁에 질린 검은 표범처럼 깊은 숨을 뱉는 소리가 들린다.

뉴트는 승강장을 따라 살금살금 나아가며 소리의 근원을 찾으려 애쓰고, 옵스큐러스는 천장을 미끄러져 내려간다.

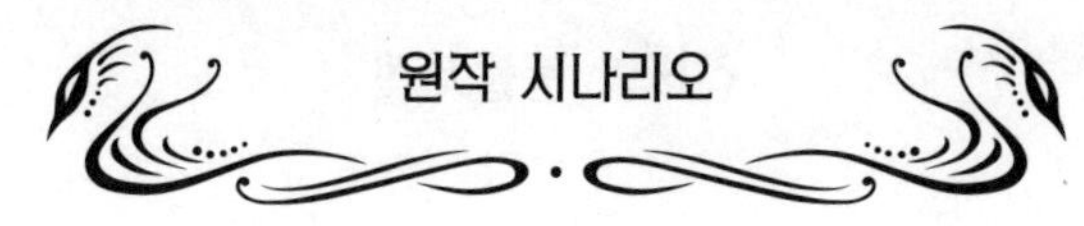

<u>SCENE 107</u>

실외. 지하철역 입구. 밤.

오러들이 지하철역 입구를 포위한다. 보도와 하늘을 향해 지팡이를 겨눈 그들은 출입구 주변에 눈에 보이지 않는 에너지 장을 친다.

더 많은 오러들이 도착하는 소리가 들린다. 그들 중에는 그레이브스도 있다. 그레이브스는 주변을 둘러보고 계산해 보더니 즉시 현장 지휘를 맡는다.

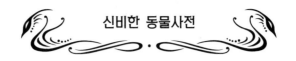

그레이브스

이 구역을 봉쇄하도록. 어느 누구도 저 아래에 내려가선 안 돼!

마법 에너지 장이 거의 완성되어 간다. 한 사람이 에너지 장 밑을 굴러 들어가 다른 사람들 모르게 지하철역 안으로 돌진한다. 티나다.

SCENE 108

실내. 지하철역. 밤.

뉴트는 터널의 어둠 속에서 옵스큐러스에게 다다른 상태다. 이제 한결 진정된 옵스큐러스는 선로 위 공중에서 부드럽게 소용돌이치고 있다. 뉴트가 기둥 뒤에 몸을 숨긴 채 말한다.

뉴트

크레덴스…. 크레덴스 맞지? 난 널 도와주러 온 거야, 크레덴스. 널 해치러 온 게 아니야.

멀리서 발소리가 들려온다. 절도 있고 신중한 발걸음이다.

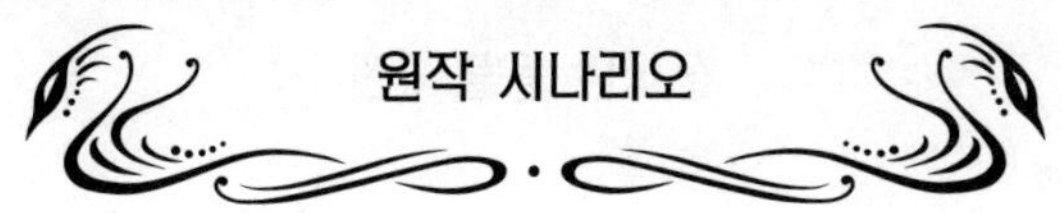

뉴트는 기둥 뒤에서 나와 선로에 올라선다. 옵스큐러스 덩어리 안에 크레덴스의 그림자가 비친다. 그는 두려움에 몸을 웅크리고 있다.

뉴트

너랑 똑같은 사람을 만난 적이 있어, 크레덴스. 여자아이였지. 감옥에 갇힌 어린 여자아이였는데, 마법을 쓴단 이유로 감금당해 벌을 받고 있었어.

크레덴스는 귀를 기울이고 있다. 자기와 비슷한 사람이 또 있을 줄은 꿈에도 몰랐다. 천천히 옵스큐러스가 녹아내리고 크레덴스만이 남는다. 그는 선로 위에 몸을 웅송그리고 있다. 겁에 질린 아이의 모습이다.

뉴트가 바닥에 웅크리고 앉는다. 그를 바라보는 크레덴스의 표정에는 아주 작으나마 희망의 기색이 떠오르고 있다. 돌아갈 방법이 있다는 얘긴가?

뉴트

크레덴스, 내가 너한테로 가도 될까? 가도 되겠어?

뉴트가 천천히 앞으로 움직이는 가운데 날카로운 빛이 어둠 속에서 터져 나오면서 마법 주문이 뉴트를 맞혀 그를 뒤로 날려 버린다.

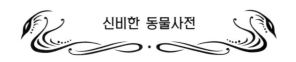

그레이브스가 아주 결연하게 터널을 따라 행군하듯 걸어온다.

그레이브스가 뉴트에게 더 많은 주문을 쏘자 크레덴스는 도망치기 시작하고, 뉴트는 터널 가운데 기둥들 쪽으로 몸을 굴리며 주문을 피한다. 이곳에서 뉴트는 반격을 시도하지만, 상대는 뉴트의 공격 시도를 가뿐히 피해 버린다.

크레덴스는 계속해서 선로를 따라 천천히 움직이다가 곧 멈춘다. 헤드라이트 불빛에 놀라 얼어붙은 토끼 한 마리. 열차가 어둠 속에서 빛을 쏘아 대며 다가오고 있다.

크레덴스를 구하는 일은 그레이브스의 손에 달려 있다. 그레이브스는 마법으로 크레덴스를 열차의 경로 밖으로 날려 보낸다.

SCENE 109

실외. 지하철역 입구. 밤.

피쿼리 대통령이 마법 에너지 장 안에서 상황을 살펴본다.

사람들과 경찰의 시점에서 촬영:

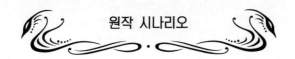

사람들이 지하철역 주위로 몰려들기 시작한다. 지하철역을 둘러싸고 있는 마법 막을 보며 사람들이 외치는 소리와 수군대는 소리가 점점 커진다. 이미 기자들이 몰려와서 점점 더 격하게 광분하며 현장 사진을 찍고 있다.

쇼 시니어와 바커가 모여 있는 사람들을 떠밀며 길을 뚫는다.

쇼 시니어
저게 내 아들을 죽였소…. 나는 정의를 원하오!

카메라가 사람들을 바라보는 피쿼리 대통령을 클로즈 온한다.

쇼 시니어 (O.S.)
내가 네 놈들 정체를, 네 놈들이 한 짓을 전부 폭로하겠어!

SCENE 110

실내. 지하철역. 밤.

그레이브스는 승강장에 서서 계속 뉴트와 결투를 이어 가는 중이다. 뉴트는 선로에 서 있다. 크레덴스가 뉴트 뒤에서 몸을 웅크린다.

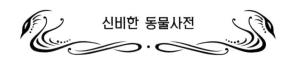

마침내, 뉴트의 노력이 거의 따분해진 그레이브스가 주문을 날린다. 그 마법은 선로에 파동을 일으키며 터널을 따라 퍼져 가다가 결국 뉴트에게 닿아 폭발하며 그를 공중으로 높이 날려 버린다.

뉴트가 뒤로 나자빠지자 그레이브스가 즉시 달려들어, 점점 더 격렬하게 채찍을 휘두르듯 주문을 날려 댄다. 그레이브스의 힘이 엄청나다는 건 분명하다. 뉴트는 바닥에서 몸부림칠 뿐 그레이브스를 막지 못한다.

SCENE 111

실외. 지하철역 입구. 밤.

와이드 숏:

가늘게 떨리는 에너지의 어슴푸레한 벽이 품은 마법의 힘 때문에 이제 막 번쩍이는 광경이 보인다.

랭던이 취한 채로 그 모습을 빤히 바라보다가 그 장관에 마음이 사로잡혀 깜짝 놀란다.

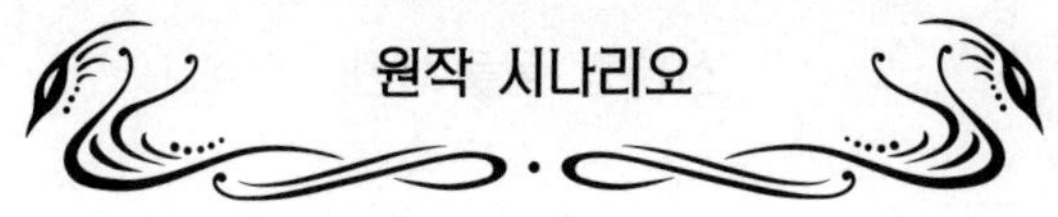

쇼 시니어
(주변의 사진 기자들에게)
어서! 사진 찍어!

SCENE 112

실내. 지하철역. 밤.

그레이브스는 뉴트에게 채찍을 휘두르듯 계속 주문을 날려 보낸다. 두 눈에 격렬하게 날뛰는 광기가 어려 있다.

카메라가 터널 저 멀리서 흐느끼고 있는 크레덴스를 클로즈 온한다. 크레덴스는 몸을 떨기 시작한다. 안에서 솟아나는 운동 에너지 덩어리를 제어하려고 애쓰는 탓에 얼굴이 천천히 검게 변한다.

뉴트가 고통으로 울부짖자, 크레덴스는 그 어둠에 굴복한다. 그의 몸이 어둠에 둘러싸여 압도당한다. 옵스큐러스가 솟아나 그레이브스를 향해 터널을 따라 돌진한다.

그레이브스는 넋이 나간 듯하다. 그는 그 엄청난 검은 덩어리 아래에 털썩 무릎을 꿇더니 경이로워하며 간청한다.

그레이브스

크레덴스.

옵스큐러스는 이 세상 소리 같지 않은 비명을 내지르며 그레이브스를 향해 급강하하더니, 그레이브스는 간발의 차로 순간이동해 몸을 감춘다. 옵스큐러스는 계속해서 터널 곳곳을 강하게 휩쓴다.

그레이브스와 뉴트는 옵스큐러스의 행로를 피하려고 애쓰며 지하철역에서 순간이동해 사라졌다가 나타난다. 이 때문에 지하철역은 더욱 빠르게 무너져 내린다. 갑자기 그 힘의 속도가 더욱 빨라지더니 공간 전체를 삼켜 버릴 거대한 파동을 이루고는 천장을 뚫고 날아간다.

SCENE 113

실외. 지하철역 입구. 밤.

옵스큐러스가 굉음을 내며 포장도로를 뚫고 올라오자, 이 모습을 마법사들과 노마지들 모두가 목격한다. 옵스큐러스가 반쯤 완공된 고층 빌딩을 따라 빠르게 쏘아 올라가자 모든 층의 유리창이 산산조각 나고 전기 배선이 터진다. 마침내 옵스큐러스가 꼭대

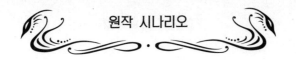

기에 있는 비계 골조에 도달하자 비계가 위험하게 구부러진다.

그 아래로, 마법 저지선 밖의 사람들이 겁에 질려서는 몸을 숨기려고 도망친다.

옵스큐러스는 넓은 원반 형태로 변하더니 다시 지하철역 안으로 뛰어든다.

SCENE 114

실내. 지하철역. 밤.

옵스큐러스가 울부짖으며 지하철역 천장을 뚫고 급강하한다…. 아주 짧은 순간, 선로에 누워 어둠의 힘 아래에 몸을 웅크리고 있던 뉴트와 그레이브스는 둘 다 죽기 일보 직전인 것처럼 보인다.

티나 (O.S.)

크레덴스, 안 돼!

티나가 선로 위로 달려온다.

그레이브스의 얼굴에서 겨우 몇 센티미터 떨어진 곳에서 옵스큐러스는 그대로 얼어붙는다. 천천히, 아주 천천히, 옵스큐러스가 다시 위로 솟아올라 좀 더 부드럽게 소용돌이치며 티나를 응시하자 티나는 옵스큐러스의 괴이한 눈을 마주 바라본다.

티나
이러지 마, 부탁이야.

뉴트
계속 말해요, 티나. 계속 말을 걸어요. 당신 얘기는 들을 거예요. 듣고 있어요.

옵스큐러스 안에서 크레덴스가 티나에게, 순수한 마음으로 그에게 친절을 베풀어 준 유일한 사람에게 손을 뻗는다. 티나를 바라보는 크레덴스는 절박하고 겁에 질려 있다. 티나가 매 맞는 크레덴스를 구해 준 이래 그는 줄곧 그녀를 꿈에 그려 왔다.

티나
그 여자가 너한테 무슨 짓을 했는지 알고 있어…. 네가 괴로웠다는 것도 알고…. 이제 이런 짓은 멈추어야 해…. 뉴트랑 내가 지켜 줄게….

그레이브스가 서 있다.

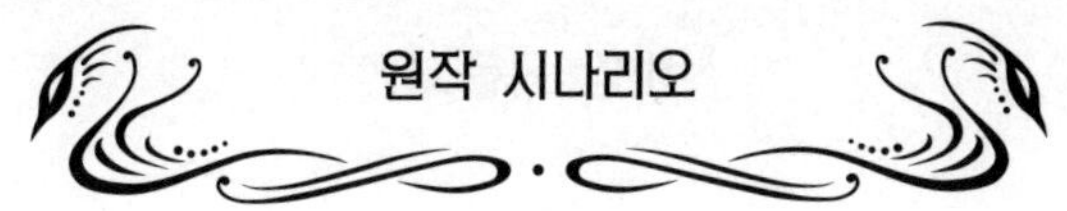

티나
(그레이브스를 가리키며)
이 사람, 이 사람은 널 이용하고 있어.

그레이브스
저 여자 말은 듣지 마라, 크레덴스. 난 네가 자유로워지기를 바란다. 괜찮아.

티나
(크레덴스를 향해, 그를 진정시키며)
그렇지….

옵스큐러스가 줄어들기 시작한다. 그 끔찍스러운 얼굴이 점점 더 인간다워지며 크레덴스의 얼굴과 비슷하게 변해 간다.

갑자기 오러들이 지하철역 계단을 따라 쏟아져 내려와 터널에 접어든다. 더 많은 오러들이 티나 뒤에서 지팡이를 공격적으로 쳐든 채 진격하고 있다.

티나
쉿! 안 돼요, 애가 겁먹잖아요.

옵스큐러스가 끔찍한 신음을 토하더니 다시 부풀어 오르기 시작한다. 지하철역이 무너지고 있다. 뉴트와 티나는 몸을 돌려 양손

을 허리에 댄 채 둘 다 크레덴스를 보호하려고 애쓴다.

그레이브스가 고개를 돌려 오러들을 마주 본다. 금방이라도 지팡이로 주문을 날릴 태세다.

그레이브스

지팡이 내려! 누구든 저 애를 다치게 하면… 책임을 묻겠다.

(다시 크레덴스에게 돌아서며)

크레덴스!

티나

크레덴스….

오러들이 옵스큐러스를 향해 주문을 쏟아붓기 시작한다.

그레이브스

안 돼!

검은 덩어리 안에 있는 크레덴스가 보인다. 그는 일그러진 얼굴로 비명을 지르고 있다. 주문이 계속 날아드는 가운데 크레덴스는 고통으로 울부짖는다.

SCENE 115

실외. 지하철역 입구. 밤.

지하철역을 둘러싸고 있던 마법 에너지 장이 무너져 내리고 사람들은 계속해서 도망친다. 오직 쇼 시니어와 랭던만이 붙박인 듯 서 있다.

SCENE 116

실내. 지하철역. 밤.

오러들이 계속해서 옵스큐러스를 향해 주문을 쏜다. 잔혹하고 가차 없다.

이 같은 압박을 받으며 옵스큐러스는 마침내 파열할 것처럼 보인다. 마법에 의해 발생한 흰색의 둥근 빛이 검은 덩어리를 삼킨다.

이 변화 가운데 발생한 힘 때문에 티나와 뉴트, 오러들이 비틀거리며 뒷걸음친다.

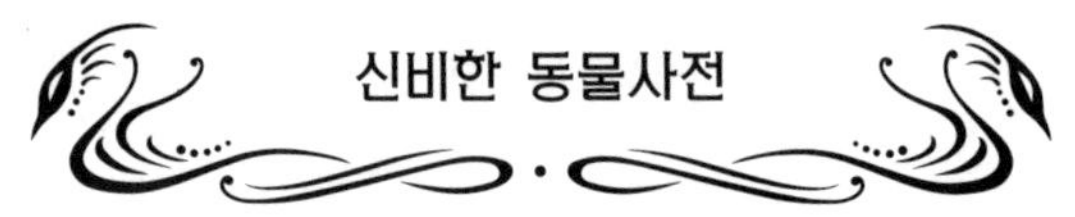

모든 힘이 가라앉는다. 갈기갈기 찢긴 검은 물질의 조각들만이 남아, 마치 깃털처럼 공중을 떠다닌다.

뉴트가 일어선다. 그 얼굴은 가슴 깊은 곳에서 차오른 슬픔에 젖어 있다. 티나는 바닥에서 일어나지 못한 채 울고 있다.

그러나 그레이브스는 다시, 검은 덩어리의 잔해에 최대한 가까이 다가가 승강장에 기어오른다.

오러들이 그레이브스를 향해 나아간다.

그레이브스

이 멍청이들. 지금 무슨 짓을 한 건지 알고는 있는 거냐?

그레이브스는 다른 사람들이 흥미롭게 자기를 바라보는 가운데 부글부글 속을 끓인다. 피쿼리 대통령이 오러들 뒤에서 나타난다. 목소리가 강철처럼 차갑고 의심에 차 있다.

피쿼리 대통령

내가 옵스큐리얼을 죽이라고 명령했네, 그레이브스 국장.

그레이브스

네. 역사에도 그렇게 기록되겠지요, 대통령님.

그레이브스는 승강장을 따라 피쿼리 대통령을 향해 움직인다. 위협적인 말투다.

그레이브스

오늘 밤 여기에서 일어난 일은 옳지 않았소!

피쿼리 대통령

그 아이에게는 노마지 한 명을 죽인 책임이 있네. 저 아이 때문에 우리 마법사 공동체가 노출될 뻔했어. 우리가 가장 신성하게 여기는 법 하나를 어긴 걸세.

그레이브스

(씁쓸하게 웃으며)

우리를 시궁창에 빠진 쥐새끼들처럼 허겁지겁 도망치는 신세로 만든 그 법! 우리 본성을 숨겨야만 한다고 강요하는 그 법! 들킬까 봐 공포에 떨며 몸을 움츠리도록 강요하는 법! 대통령님, 하나 묻죠….

(거기 있는 사람 모두에게 눈을 부라리며)

당신들 모두에게 묻도록 하지. 그 법은 누굴 보호하는 거요? 우리인가?

(위쪽의 노마지들을 살짝 몸짓으로 가리키며)

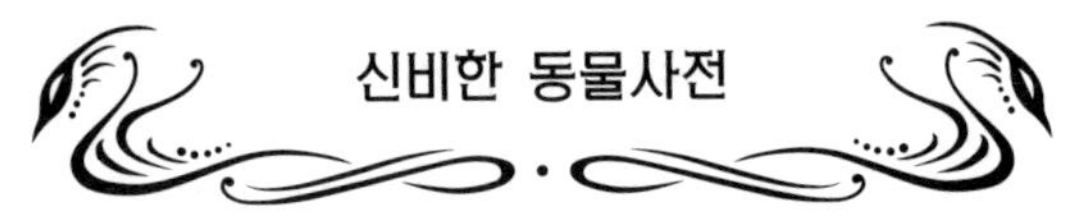

아니면 저들인가?
(씁쓸하게 미소 지으며)
나는 더 이상의 복종을 거부하오.

그레이브스는 오러들에게서 떨어져 걸어간다.

피쿼리 대통령
(양옆의 오러들에게)
오러들, 그레이브스 국장의 지팡이를 무장해제 시키고 호송하여….

그레이브스가 승강장을 따라 가는데, 갑자기 그의 앞에 하얀빛을 내는 벽이 나타나 길을 가로막는다.

그레이브스는 잠시 생각에 잠긴다. 경멸과 짜증 어린 비웃음이 그의 얼굴에 스친다. 그가 몸을 돌린다.

그레이브스는 승강장을 따라 자신 있게 성큼성큼 걸어 돌아가며, 자신과 마주 선 두 무리의 오러 모두에게 주문을 쏘아 댄다. 사방에서 그레이브스를 향한 주문들이 반격을 가하지만 그레이브스는 모두 받아넘긴다. 몇몇 오러들이 공중으로 날아간다. 그레이브스가 이기는 것처럼 보인다….

그 찰나, 뉴트가 주머니에서 고치를 꺼내 그레이브스를 향해 풀

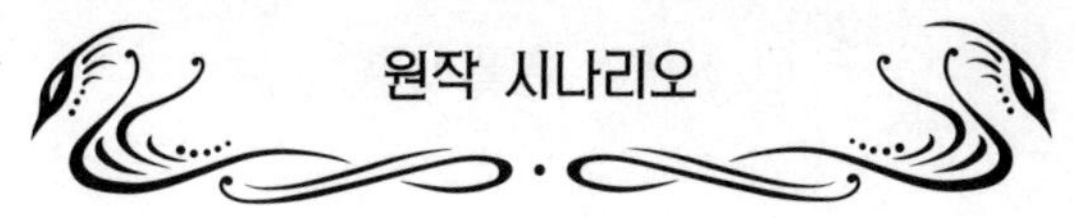

어놓는다. 스우핑 이블이 그레이브스 주변을 높이 날아오르며 뉴트와 오리들을 그레이브스가 쏜 주문에서 지켜 주고 뉴트에게 지팡이를 들어 올릴 시간을 벌어 준다.

지금껏 이 순간만을 기다려 왔다고 느끼며, 뉴트는 허공에 지팡이를 홱 긋는다. 지팡이 끝에서 타닥거리는 소리가 나며 초자연적인 빛으로 된 밧줄이 튀어나오더니 마치 채찍처럼 날아가 그레이브스를 휘감는다. 빛의 밧줄이 죄어 오자 그레이브스는 그것을 풀려고 안간힘을 쓴다. 그는 비틀거리며 몸부림치다가 무릎을 꿇고 지팡이를 떨어뜨린다.

티나

아씨오.

그레이브스의 지팡이가 티나의 손으로 날아든다. 그들을 돌아보는 그레이브스의 두 눈에 깊은 증오가 어려 있다.

뉴트와 티나가 천천히 앞으로 나선다. 뉴트는 지팡이를 들어 올리고 있다.

뉴트

리벨리오.

그레이브스의 모습이 변한다. 더 이상 흑발이 아닌 금발에, 두 눈

은 푸른색이다. 포스터에 있던 바로 그 사람이다. 군중 사이로 웅성대는 소리가 번져 간다. **그린델왈드다**.

피쿼리 대통령이 그린델왈드 쪽으로 간다.

그린델왈드
(경멸에 차서)
*당신*이 *나*를 막을 수 있을 거라고 생각하나?

피쿼리 대통령
우린 최선을 다할 거요, 그린델왈드 씨.

그린델왈드는 피쿼리 대통령을 뚫어지게 바라본다. 혐오스러워하는 표정이 조롱하는 듯 희미한 미소로 변한다. 오러 두 사람이 그를 일으켜 세워 입구 쪽으로 끌고 간다.

뉴트에게 다다르자 그린델왈드가 잠시 멈추어 선다. 웃는 것 같기도 하고 조롱하는 것 같기도 하다.

그린델왈드
우리 죽을까, 조금만?

그는 위쪽으로 끌려가 지하철역 밖으로 나간다. 어리벙벙해진 뉴트가 그 모습을 지켜본다.

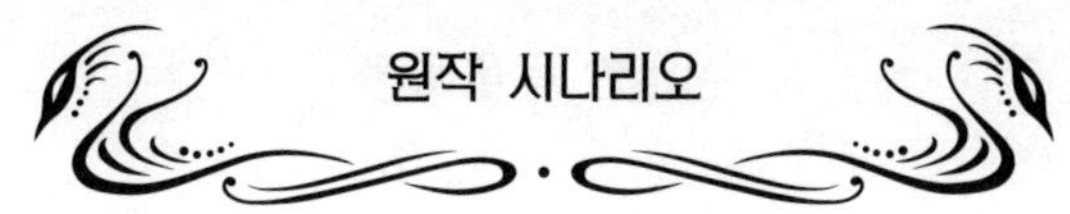

시간 경과:

퀴니와 제이콥이 길을 뚫고 오러들 앞으로 나선다. 제이콥은 뉴트의 가방을 들고 있다.

퀴니가 티나를 끌어안는다. 뉴트는 제이콥을 바라본다.

제이콥

어…. 그래도 누군가는 이걸 지켜보고 있어야 할 것 같았어요.

제이콥이 뉴트에게 가방을 건네준다.

뉴트

(공손하게, 대단히 고마워하며)

감사합니다.

피쿼리 대통령이 지하철역의 부서진 천장 너머, 바깥 세계를 응시하며 일행에게 말한다.

피쿼리 대통령

우리가 사과를 드려야겠습니다, 스캐맨더 씨. 하지만 마법사 공동체가 노출됐어요! 이 도시 전체에 망각 주문을 걸 수는 없습니다.

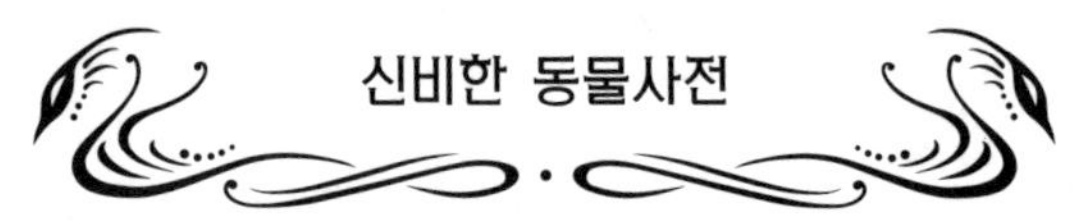

사람들이 이 사실을 받아들이는 동안, 짧은 침묵이 흐른다.

뉴트는 피쿼리 대통령의 시선을 좇으며 덩굴 모양의 검은 물질, 옵스큐러스의 작은 조각이 뚫린 천장을 통과해 떠가는 모습을 발견한다. 다른 누구의 눈에도 띄지 않은 채 그것은 마침내 위로 둥실 떠올라 날아간다. 숙주와 재결합하려는 것이다.

잠시 후. 뉴트의 관심은 문득 당면한 문제로 되돌아온다.

뉴트
사실, 제 생각엔 가능할 것 같습니다.

시간 경과:

뉴트는 지하철역 천장에 뚫린 커다란 구멍 아래 가방을 활짝 열어 놓았다.

카메라가 전진하여, 뉴트의 열린 가방을 클로즈 온한다.

갑자기 프랭크가 깃털 돌풍과 세찬 바람을 일으키며 튀어나오자 모여 있던 오러들이 뒤로 물러선다. 프랭크는 아름답고 매혹적이지만 강력한 두 날개를 퍼덕이며 머리 위로 날아올라 맴도는 모습이 위협적이기도 하다.

뉴트가 앞으로 나선다. 그는 프랭크를 자세히 살펴본다. 진정 어린 다정함과 자부심 어린 표정이다.

뉴트
애리조나에 도착할 때까지 기다리려고 했지만, 지금은 네가 우리의 유일한 희망인 것 같다, 프랭크.

둘이 주고받는 눈길, 서로를 헤아리는 마음. 뉴트가 팔을 뻗자 프랭크는 사랑을 가득 담아 뉴트의 품에 부리를 지그시 누른다. 둘은 애정을 담아 서로 코를 비빈다.

모여 있던 사람들은 경이로움 속에서 그 모습을 지켜본다.

뉴트
나도 그리울 거야.

뉴트가 한 발 물러서서, 스우핑 이블의 독이 담긴 유리병을 주머니에서 꺼낸다.

뉴트
(프랭크에게)
뭘 해야 할지는 알고 있겠지.

뉴트가 작은 약병을 허공 높이 던져 올린다. 프랭크가 날카롭게 울며 그것을 부리로 잡아채더니 즉시 지하철역 밖으로 솟아 오른다.

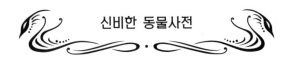

SCENE 117

실외. 뉴욕. 하늘. 새벽.

프랭크가 지하철역에서 갑자기 뛰쳐나와 새벽빛 번지는 하늘로 미끄러지듯 날아오르자 노마지와 오리를 가리지 않고 모두가 비명을 지르며 웅크린다.

카메라는 프랭크가 공중으로 점점 더 높이 날아오르는 모습을 뒤쫓는다. 프랭크의 두 날개가 점점 더 빠르고 세차게 퍼덕이자 먹구름이 모여들며 번개가 번쩍인다. 뉴욕을 저 멀리 아래에 둔 채 빙글빙글 돌며 날아오르는 프랭크의 모습을 카메라가 나선형으로 돌아 올라가면서 담는다.

카메라가 프랭크의 부리를 클로즈 온한다. 단단히 물려 있던 유리병이 마침내 깨진다. 강력한 독은 세찬 빗줄기 사이로 번지며, 비에 마법을 걸고 빗방울을 더욱 굵게 만든다. 점점 어두워지는 하늘이 눈부시도록 푸르게 번쩍이더니 비가 내리기 시작한다.

SCENE 118

실외. 지하철역 입구. 새벽.

하이 앵글로 하늘을 올려다보는 군중을 담으며 카메라가 하강한다. 떨어지는 빗방울을 맞은 사람들은 유순해져 가던 길을 간다. 나쁜 기억은 모조리 씻겨 나갔다. 이상한 일은 한 번도 일어난 적이 없다는 듯 모두가 일상으로 돌아간다.

오러들이 거리를 따라 움직이며 수리 및 보수를 위한 속성 마법을 걸어 도시를 재건한다. 건물들과 자동차들이 복원되고 거리가 정상적인 모습으로 되돌아간다.

카메라가 비를 맞으며 서 있는 랭던을 비춘다. 그의 얼굴이 점점 부드러워지며, 얼굴을 따라 흘러내리는 빗방울에 점점 멍한 표정을 짓는다.

어리둥절한 표정으로 자기들의 총을 바라보고 있는 경찰들을 비추는 카메라. 왜 총을 뽑았지? 그들은 서서히 정신을 차리고 무기를 집어넣는다.

어느 작은 가정집에서는 젊은 엄마가 자기 가족을 사랑스럽게 바

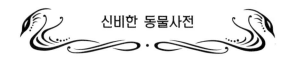

라본다. 물을 한 모금 마시자 그녀의 표정이 멍해진다.

오리들이 여러 무리를 지어 부서진 전차 선로를 신속하게 재정비하는 등 계속해서 거리를 보수하자 파괴되었던 흔적이 마침내 모두 사라진다. 한 오리가 신문 가판대를 지나며 신문에 마법을 걸어 뉴트와 티나의 수배용 사진을 지우고 날씨에 관한 지극히 평범한 헤드라인으로 대체한다.

은행 지점장 빙리가 자기 집 욕실에 서서 샤워를 하고 있다. 물이 몸에 뿌려지자 그 역시 망각 주문에 걸린다. 빙리의 아내가 근심 없이 멍한 표정으로 이를 닦는 모습도 보인다.

프랭크는 계속해서 뉴욕의 거리를 활공하며 더 많은 비를 휘저어 뿌린다. 그의 깃털은 밝은 금빛으로 어스레하게 빛나고 있다. 마침내 프랭크는 밝아 오는 뉴욕의 여명 속으로 미끄러지듯 날아간다. 참으로 아름다운 광경이다.

SCENE 119

실내. 지하철 승강장. 새벽.

피퀴리 대통령이 지켜보는 가운데 지하철역 천장이 빠르게 보

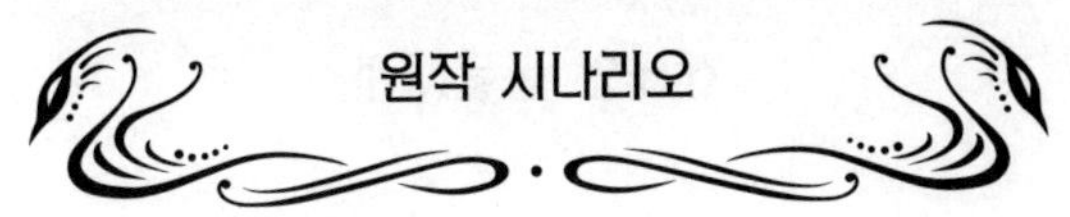

수된다.

뉴트가 일행에게 말한다.

뉴트

아무것도 기억하지 못할 겁니다. 저 독에는 믿을 수 없을 만큼 강력한 망각 마법 속성이 있거든요.

피쿼리 대통령

(인상적인 듯)

큰 빚을 졌습니다, 스캐맨더 씨. 자…. 이제 그 가방을 가지고 뉴욕을 떠나세요.

뉴트

네, 대통령님.

피쿼리 대통령이 멀어져 가자 오러 무리도 그녀와 함께 움직인다. 갑자기 피쿼리 대통령이 뒤를 돌아본다. 퀴니가 그녀의 마음을 읽고 제이콥을 숨기기 위해 그 앞을 보호하듯 막아선다.

피쿼리 대통령

저 노마지는 아직도 여기 있는 건가?

(제이콥을 보고)

망각 주문을 거세요. 예외는 있을 수 없습니다.

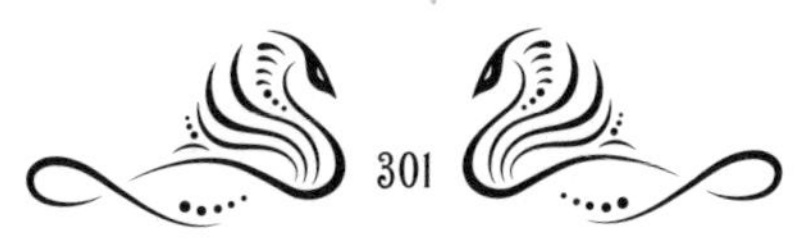

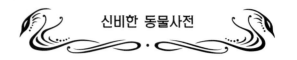

피퀴리 대통령은 그들의 얼굴에서 괴로운 표정을 읽어 낸다.

피퀴리 대통령
유감입니다. 하지만 단 한 명의 목격자라도…. 법을 아시잖아요.

짧은 침묵. 괴로워하는 일행의 모습에 피퀴리 대통령은 마음이 편치 않다.

피퀴리 대통령
작별 인사는 하게 해 드리죠.

피퀴리 대통령이 떠난다.

SCENE 120

실외. 지하철역. 새벽

제이콥이 일행 맨 앞에서 지하철역 계단을 오르고, 퀴니가 그 뒤를 바짝 따른다.

아직도 큰비가 쏟아지는 가운데, 열심히 일하는 오러 몇 사람을

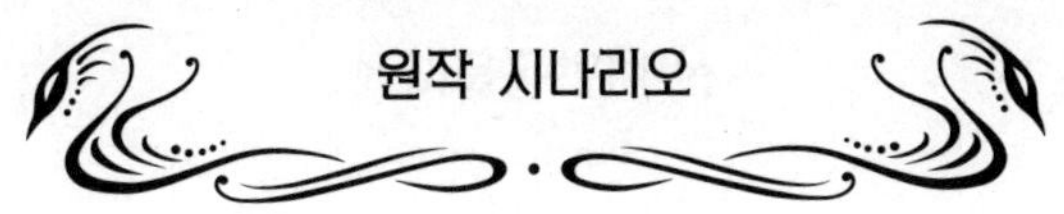

제외하면 거리는 이제 거의 비어 있다.

제이콥이 계단 꼭대기에 올라서서 빗속을 뚫어지게 바라본다. 퀴니가 손을 뻗어 그의 외투를 움켜쥔다. 제이콥이 거리로 나가지 않기를 내심 바라고 있다. 제이콥이 그녀에게로 돌아선다.

제이콥
이봐요. 저기, 이게 최선이에요.
(일행의 표정을 살피며)
그렇잖아요…. 난… 난 원래 여기 있어서도 안 되는 거라고요.

제이콥은 억지로 눈물을 삼킨다. 퀴니가 눈을 들어 그를 응시한다. 그 아름다운 얼굴에 괴로움이 가득하다. 티나와 뉴트도 이루 말할 수 없을 만큼 슬퍼 보인다.

제이콥
나는 원래 이런 일에 대해서는 하나도 몰라야 해요. 다들 알겠지만 뉴트가 날 데리고 다닌 건 그냥…. 저기, 뉴트. 왜 날 데리고 다닌 거죠?

뉴트는 분명히 밝혀야 한다. 쉽사리 입이 떨어지지 않는다.

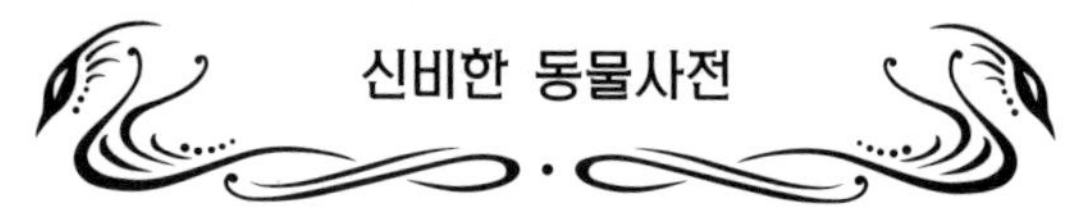

뉴트
당신이 좋아서요. 당신은 내 친구고, 나는 당신이 나를 어떻게 도왔는지 영원히 잊지 않을 거예요, 제이콥.

잠시 정적. 제이콥은 뉴트의 대답에 감정이 북받친다.

제이콥
아!

퀴니가 앞으로 나와 제이콥을 향해 계단을 오른다. 두 사람이 서로 바짝 다가선다.

퀴니
(제이콥의 기운을 북돋아 주려 애쓰며)
내가 같이 갈게요. 우리 어딘가로 가요. 어디든 가요. …있잖아요, 난 당신 같은 사람은 절대로 찾지 못할….

제이콥
(용감하게)
나 같은 사람은 엄청나게 많아요.

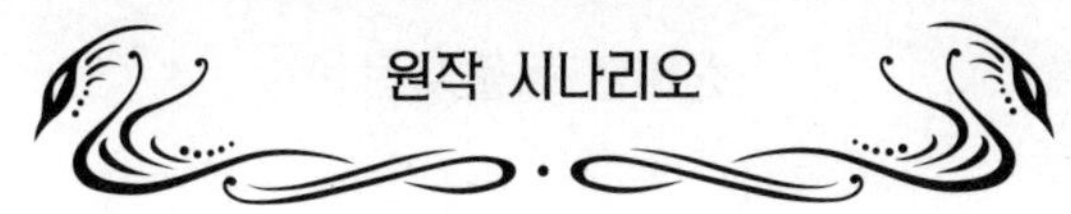

퀴니

아뇨…. 아녜요. 당신 같은 사람은 당신뿐이에요.

참기 힘든 고통이 엄습한다.

제이콥

(짧은 침묵)

가야겠어요.

제이콥이 몸을 돌려 비를 마주하며 눈을 쓱 닦는다.

뉴트

(제이콥의 뒤를 쫓으며)

제이콥!

제이콥

(애써 미소 지으며)

괜찮아요…. 괜찮다니까…. 괜찮아요. 그냥 잠에서 깨는 것 같을 뿐이잖아요?

일행이 제이콥에게 용기를 북돋는 미소를 마주 지어 보이며 이 상황의 고통을 조금이라도 누그러뜨리려고 애쓴다.

그들의 얼굴을 보며 움직이느라 제이콥은 뒷걸음질을 쳐 빗속으

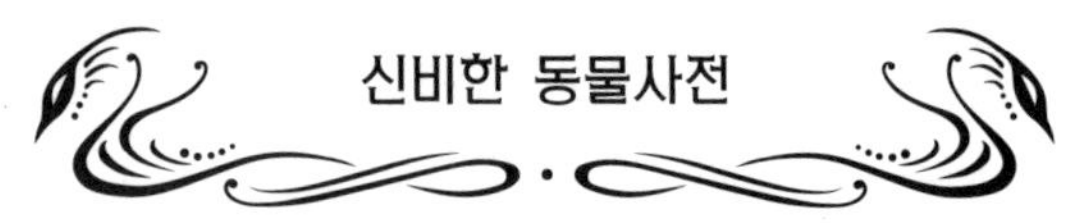

로 들어간다. 얼굴을 하늘 쪽으로 돌리고 두 팔을 쭉 뻗은 채 그는 씻어 내리는 빗물에 온몸을 맡긴다.

퀴니가 지팡이로 마법 우산을 만들어 내어 제이콥을 향해 걸어나간다. 그에게 가까이 다가간 퀴니는 제이콥의 얼굴을 다정하게 어루만지다가 눈을 감고 몸을 숙여 부드럽게 입을 맞춘다.

결국 퀴니는 천천히 물러나지만 제이콥의 얼굴에서 1초도 눈을 떼지 않는다. 그러다가 퀴니는 갑자기 사라진다. 제이콥은 팔을 뻗어 뭔가를 열망하듯 포옹하지만 품 안이 텅 빈 채 홀로 남겨진다.

카메라는 제이콥이 '잠에서 깨어나는' 얼굴을 클로즈 온한다. 그는 여기가 어디인지, 이 억수 같은 비는 무엇인지 멍하고 어리둥절한 표정이다. 결국 제이콥은 거리를 따라 걸어간다. 외로운 모습이다.

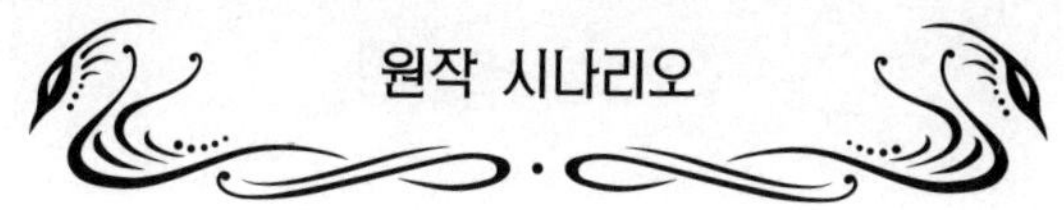

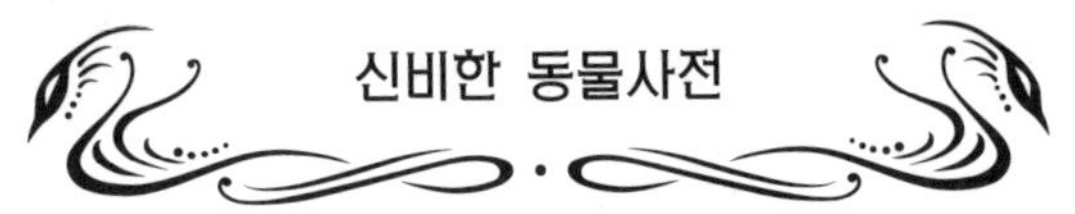

SCENE 121

실외. 제이콥이 다니는 통조림 공장. 일주일 후. 이른 저녁.

기진맥진한 제이콥이 그와 비슷한 오버올 작업복을 입은 생산 라인 직원들에게 둘러싸여 힘든 교대 근무를 마치고 퇴근하는 중이다. 손에는 낡은 가죽 가방을 들고 있다.

한 남자가 그에게로 걸어간다. 뉴트다. 두 사람이 서로 부딪치자 제이콥의 가방이 땅에 떨어진다.

뉴트

죄송해요, 죄송합니다!

뉴트는 빠르게, 과감히 사라져 버렸다.

제이콥

(알아보지 못하고)

이보쇼!

제이콥이 가방을 집어 들려고 허리를 숙였다가 의아하다는 듯 아래를 내려다본다. 그의 낡은 가방이 갑자기 무척 무거워졌다. 자물쇠 하나가 저절로 열린다. 제이콥은 슬쩍 웃으며 가방을 열려고 허리를 숙인다.

가방 안을 보니 순은 오캐미 알껍데기가 가득히 들어 있고 쪽지 하나가 붙어 있다. 제이콥이 쪽지를 읽으면 아래와 같은 소리가 들린다.

뉴트 (V.O.)

코왈스키 씨에게, 당신 같은 분이 통조림 공장에 다니는 건 낭비예요. 부디 이 오캐미 알껍데기를 빵집

차릴 담보로 받아 주세요. 당신이 잘되기를 바라는 사람으로부터.

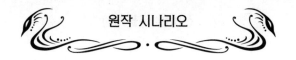

SCENE 122

실외. 뉴욕 항구. 다음 날.

카메라가 군중을 헤치고 지나가는 뉴트의 두 발을 가까이에서 클로즈 온한다.

뉴트는 뉴욕을 떠날 준비를 하고 있다. 코트를 입고 후플푸프 목도리를 목에 둘렀으며 가방은 끈으로 꽉 묶어 놓았다.

티나가 뉴트 곁에서 걷는다. 탑승구에 들어가기 전 두 사람이 걸

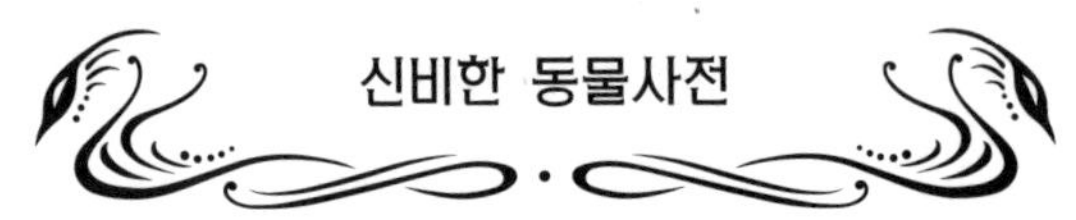

음을 멈춘다. 티나는 불안해 보인다.

뉴트
(미소 지으며)
음, 그동안 참….

티나
그러게요!

잠시 후. 뉴트가 눈을 들어 바라보니, 티나의 표정에 기대감이 엿보인다.

티나
잘 들어요, 뉴트. 고맙다는 인사를 하고 싶었어요.

뉴트
도대체 뭐가 고마워요?

티나
뭐, 그렇잖아요. 당신이 피쿼리 대통령한테 나를 그렇게 좋게 얘기해 주지 않았으면… 나는 지금처럼 수사팀으로 돌아갈 수 없었을 거예요.

뉴트

뭐…. 나를 수사할 만한 사람으로 당신만 한 사람이 떠오르지 않아서요.

딱히 그런 말을 하려던 건 아니었는데, 이제 와서 바로잡기엔 너무 늦었다…. 뉴트가 조금 어색해하자, 티나는 수줍어하면서도 그 마음을 헤아린다.

티나

뭐, 수사가 필요할 일이 없도록 당분간만이라도 노력해 봐요.

뉴트

그럴게요. 앞으로 조용히 살아야죠…. 정부에 복직도 하고…. 원고도 넘기고….

티나

기대하고 있을게요. 《신비한 동물사전》이랬죠?

둘의 희미한 미소. 잠시 후. 티나가 용기를 낸다.

티나

리타 레스트레인지도 책 보는 거 좋아하나요?

뉴트

누구요?

티나

당신이 가지고 다니는 사진 속 여자요.

뉴트

리타가 요즘 뭘 좋아하는지 사실 잘 몰라요, 사람들은 변하기 마련이니까.

티나

맞아요.

뉴트

(무언가 깨닫고)

나도 변했고요. 내 생각엔. 약간일지는 몰라도.

티나는 기뻐하면서도 그 마음을 어떻게 표현해야 할지 모른다. 대신, 티나는 울지 않으려 애쓰고 있다. 뱃고동이 울린다. 승객들 대부분은 승선을 이미 마쳤다.

뉴트

책이 나오면 한 권 보낼게요, 그래도 된다면요.

티나
좋죠.

뉴트는 티나를 응시한다. 어색하지만 애정 어린 눈길. 뉴트가 부드럽게 손을 뻗어 티나의 머리카락을 매만진다. 잠시 동안 두 사람은 서로의 눈을 바라본다.

마지막으로 한 번 바라본 뒤 뉴트가 갑자기 떠나자, 덩그러니 남겨진 티나는 뉴트가 쓰다듬었던 머리카락에 손을 갖다 댄다.

하지만 그때 뉴트가 돌아온다.

뉴트
정말 미안하지만… 책을 직접 갖다 주는 건 어떻겠어요?

미소가 환히 번지는 티나의 얼굴.

티나
좋죠. 아주 많이요.

뉴트는 어찌하지 못하고 그녀처럼 씩 웃어 보인 다음 몸을 돌려 걸어간다.

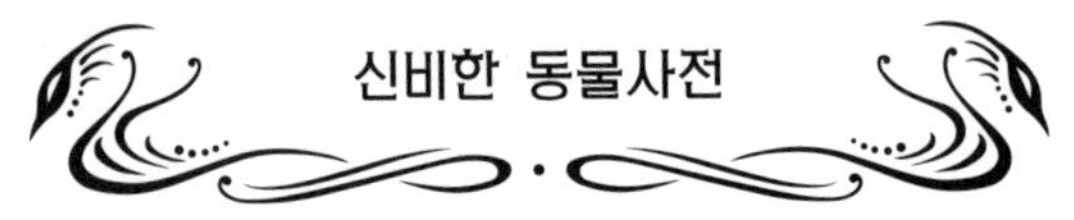

뉴트는 승강대에 잠시 멈추어 선다. 어떻게 행동해야 할지 확신이 서지 않는 듯하지만 결국 뒤돌아보지 않고 계속 나아간다.

티나는 텅 빈 항구에 혼자 서 있다. 이윽고 돌아가는 티나의 발걸음은 유쾌하게 통통 튄다.

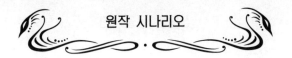

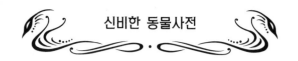

SCENE 123

실외. 제이콥의 빵집, 로어이스트사이드. 석 달 후. 낮.

북적이는 뉴욕 거리의 와이드 숏. 거리를 따라 좌판이 늘어서 있으며 거리에는 바쁘게 오가는 사람과 말, 마차가 가득하다.

들어가 보고 싶게 생긴 작은 빵집을 비추는 카메라. 많은 사람들이 작고 예쁜 가게 바깥에 몰려 있다. 빵집에는 **'코왈스키'**라는 이름이 페인트로 적혀 있다. 사람들은 관심을 가지고 가게의 진열창 안을 들여다보고 있으며, 행복해진 손님들은 빵을 한 아름

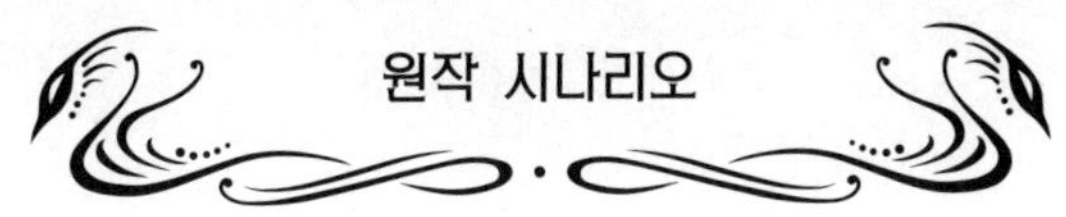

씩 안고 가게를 나선다.

SCENE 124

실내. 제이콥의 빵집, 로어이스트사이드, 낮.

딸랑거리는 소리로 새로운 손님의 입장을 알리는 문에 매달린 종을 카메라가 클로즈 온한다.

진열대에 올라와 있는 페이스트리와 빵을 클로즈 온하는 카메라. 하나같이 조그맣고, 상상 속에서나 나올 것 같은 모양이다. 그중에서 데미가이즈와 니플러, 에럼펀트가 눈에 들어온다.

손님을 맞는 제이콥은 북적이는 고객들로 가게가 터져 나갈 지경이라 매우 기분이 좋다.

여자 손님
(작은 페이스트리들을 들여다보며)
이런 아이디어는 어디에서 얻나요, 코왈스키 씨?

제이콥
모르겠어요, 저도 몰라요. 그냥 떠오르더라고요!

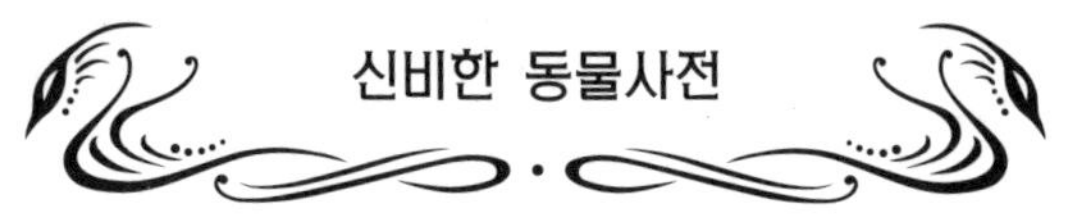

제이콥은 여자 손님에게 페이스트리를 건네준다.

제이콥

여기 있습니다. 이것도 잊지 마시고요. 맛있게 드세요.

제이콥은 몸을 돌려 조수 한 사람을 소리쳐 부르고는 그에게 열쇠 두 개를 넘겨준다.

제이콥

이봐, 헨리. 창고 부탁해, 알겠지? 고마워.

종이 다시 딸랑거린다.

제이콥은 눈을 들었다가 다시 한 번 엄청난 충격에 사로잡힌다. 퀴니다. 두 사람은 서로를 바라본다. 활짝 웃는 퀴니에게서 빛이 난다. 제이콥은 당황해하면서도 그녀에게 푹 빠져 자기 목을 쓰다듬는다. 잠시 깜빡이는 기억. 제이콥이 마주 미소 짓는다.

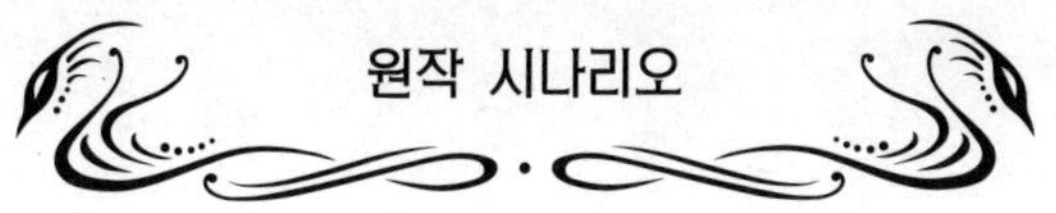

끝

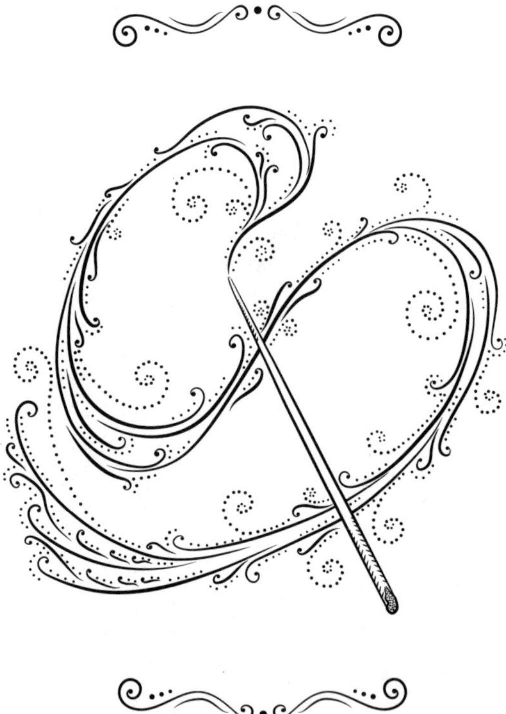

감사의 말

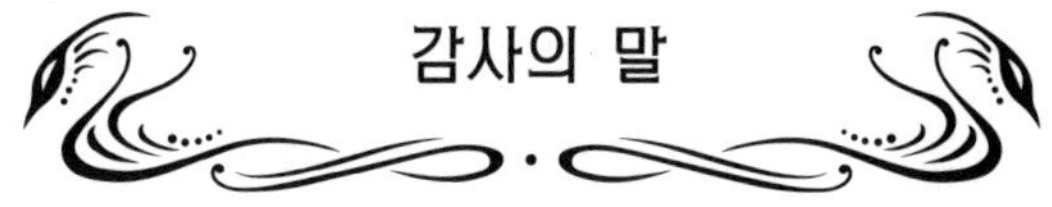

스티브 클로브스와 데이비드 예이츠가 보여 준 인내심과 지혜가 없었더라면 〈신비한 동물사전〉 시나리오는 세상에 나오지 않았을 것이다. 두 사람이 달아 준 모든 주석과 격려의 말 한 마디 한 마디, 두 사람이 제안해 준 개선 방향에 대해 무한한 감사를 표한다. 스티브가 남긴 불후의 표현대로 "여자에게 여자 옷을 입히는" 방법을 배우는 것은 매혹적이면서도 도전 의식을 끊임없이 북돋우며, 분통 터지는 동시에 아주 신나고, 짜증이 나면서도 궁극적으로는 보람 있는 경험이었다. 온 세상을 준다 해도 그 경험과는 맞바꾸지 않을 것이다. 두 사람의 도움이 없었으면 이런 일을 해낼 수 없었으리라.

데이비드 헤이먼은 해리 포터 영화화의 첫 단계부터 나와 함께해 왔는데, 그가 없었더라면 《신비한 동물 사전》은 훨씬 빈약한 작품이 되었을 것이다. 소호에서 처음 만나 형편없는 점심 식사를 한 이래로 참으로 오랜 여정이었다. 그리고 그는 해리 포터에게 퍼부었던 지식과 열정, 전문성을 이제 뉴트에게 흠뻑 쏟아붓고 있다.

케빈 쓰지하라가 없었다면 《신비한 동물사전》 프랜차이즈는 결코 존재할 수 없었다. 2001년부터 나는 《신비한 동물사전》에

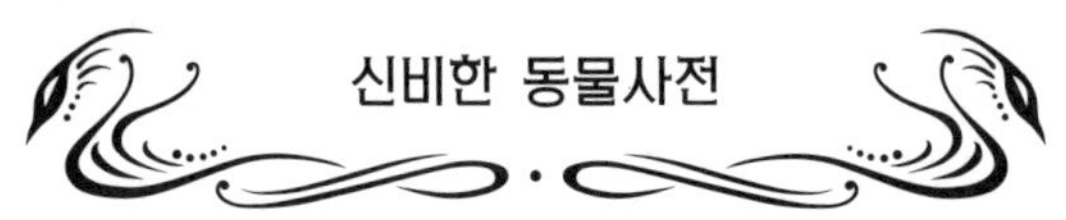

관한 아이디어의 싹을 품었지만, 내가 자선 목적으로 첫 책을 쓰자 케빈은 내가 뉴트의 이야기를 영화화하는 데 전념하도록 해 주었다. 케빈은 값으로는 따질 수 없을 만큼 나를 든든히 지원해 주었고, 이 일을 해내는 데 가장 큰 공을 세웠다.

마지막으로, 이 프로젝트에 매달린다는 게 1년 내내 휴가도 없이 일해야 한다는 뜻이었음에도 가족들은 지원을 아끼지 않았다. 당신들이 없었으면, 나는 아무것도 만들어 낼 수 없을 것만 같은 기분이 드는, 끔찍하고 외로운 공간 말고는 있을 곳이 없었을 것이다. 그러므로 닐과 제시카, 데이비드와 켄지에게 전하고 싶다. 흠잡을 데 없이 멋지고 재미있고 사랑스러운 사람이 되어 주어서, 또한 내가 신비한 동물들을 잡으러 다닐 수 있도록 지금까지도 믿어 주어서 고맙다. 그 일이 가끔씩 아주 어렵고 시간을 잡아먹는다 할지라도 말이다.

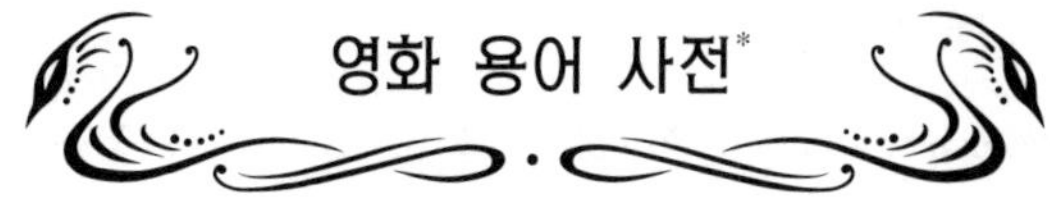

영화 용어 사전*

낮은 소리로(*Sotto voce*): 속삭이듯 말하거나 숨죽여 말하는 것.

몽타주(Montage): 공간과 시간, 정보를 모아 일련의 숏을 한 시퀀스에 담는 것. 많은 경우 음악이 함께 흐른다.

시간 경과(Time cut): 같은 신에서, 시간이 흐른 후로 전환하는 것.

시점(POV): 관점(Point-of-view). 카메라가 특정 등장인물의 시점에서 촬영하는 것. (예: ~의 시점, ~의 시점으로)

와이드 숏(Wide shot): 카메라가 사물이나 인물의 모습을 온전하게 보여 주는 것. 보통 주변 환경과의 관계를 보여 준다. 영화에서 상황을 설명할 때 자주 쓰인다.

실내(Int.): 안. 실내 촬영지.

실외(Ext.): 바깥. 실외 촬영지.

원래의 장면으로 돌아와서(Back to scene): 한 신(scene) 안에서 어느 등장인물이나 행위에 초점을 맞추었던 카메라가 더 큰 신으로 돌아가는 것.

점프 컷(Jump cut): 같은 앵글로 찍은 중요한 순간에서 다음 중요한 순간으로 넘어가는 것. 이러한 장면 이동은 보통 아주 짧은 시간 경과를 표현할 때 쓰인다.

* **일러두기**
우리말로 쓴 시나리오와 우리나라 영화 촬영 현장에서 실제 사용하는 용어를 조사해서 수록했다. 다만, 사용 빈도가 낮거나 적합한 우리말 단어가 없을 경우 원어 발음을 그대로 적거나 맥락에 맞게 풀어 썼다. 시나리오를 읽으면서 참고할 수 있도록 용어 설명 뒤에 그 예를 덧붙여 두었다. 시나리오에서는 본문과 다르게 고딕체로 표시했다.

카메라 고정(Hold on): 카메라가 한 인물이나 사물을 계속해서 비추는 것. (예: 카메라는 ~를 계속 비춘다)

클로즈 온(Close on): 카메라가 가까운 거리에서 인물이나 사물을 촬영하는 것.

팬/휘프 팬(Pan/whip pan): 카메라를 축에 고정시켜 놓고, 한 대상에서 다른 대상으로 천천히 움직이며 찍는 것을 포함한 카메라 움직임. 휘프 팬은 한 대상에서 다른 대상으로 매우 빨리 이동하는 것을 말한다. (예: 카메라가 팬 업한다. 카메라가 한 바퀴 팬한다. 카메라가 갑자기 돌아간다.)

플래시컷(Flashcut): 대단히 짧은 장면 이동 숏. 간혹 매우 짧아 오직 한 프레임에 그치기도 한다.

하이 와이드(High wide): 카메라가 높은 곳에서 내려다보며 대상을 찍거나 광각으로 장면을 찍는 것. (예: 하이 와이드 숏)

O.S.: 화면 밖(Off-screen). 화면 밖의 공간에서 벌어지는 액션이나, 화면에 나타나지 않는 등장인물이 말하는 대사.

V.O.: 보이스 오버(Voice-over). 해당 장면이나 화면에 나오지 않는 등장인물이 하는 대사.

배우 및 제작진

워너 브라더스 픽처스 제공
헤이데이 필름스 제작
데이비드 예이츠 감독

신비한 동물사전

감독 …… 데이비드 예이츠
각본 …… J.K. 롤링
제작 …… 데이비드 헤이먼(PGA), J.K. 롤링(PGA), 스티브 클로브스(PGA), 라이어널 위그럼 (PGA)
책임 프로듀서 …… 팀 루이스, 닐 블레어, 릭 세나트
촬영 감독 …… 필립 루셀롯, A.F.C./ASC
미술 감독 …… 스튜어트 크레이그
편집 …… 마크 데이
의상 감독 …… 콜린 애트우드
음악 …… 제임스 뉴턴 하워드

주연

뉴트 스캐맨더 …… 에디 레드메인
티나 골드스틴 …… 캐서린 워터스턴
제이콥 코왈스키 …… 댄 포글러
퀴니 골드스틴 …… 앨리슨 수돌
크레덴스 베어본 …… 에즈라 밀러
메리 루 베어본 …… 사만다 모튼
헨리 쇼 시니어 …… 존 보이트
세라피나 피쿼리 …… 카르멘 에조고

and

퍼시벌 그레이브스 …… 콜린 파렐

작가에 대하여

J.K. 롤링은 일곱 편의 베스트셀러 〈해리 포터〉 시리즈의 작가로, 이 시리즈는 1997년부터 2007년까지 출간되어 전 세계적으로 4억 5,000만 부가 넘게 팔렸으며, 200개국 이상에서 79개 언어로 번역되었고, 워너 브라더스사에 의해 여덟 편의 블록버스터 영화로 제작되었다. 롤링은 자선 목적으로 〈해리 포터〉 시리즈의 참고 도서 세 권을 썼다. 《퀴디치의 역사》와 《신비한 동물사전》의 수익금은 코믹 릴리프에, 《음유시인 비들 이야기》의 수익금은 본인이 설립한 아동 복지 재단인 루모스에 기부된다. J.K. 롤링의 공식 웹사이트이자 전자책 출판사인 포터모어는 마법 세계의 디지털 중심지이다. 롤링은 각색가 잭 손, 연출가 존 티퍼니와 함께 연극 대본 《해리 포터와 저주받은 아이 1, 2부》를 썼는데, 2016년 런던 웨스트엔드에서 초연되었다. J.K. 롤링은 또한 성인 독자를 위한 소설 《캐주얼 베이컨시》를 썼으며, 로버트 갤브레이스라는 필명으로 '코모란 스트라이크'라는, 사립 탐정이 등장하는 세 편의 범죄 수사물을 썼다. 이 시리즈는 모두 BBC TV 시리즈로 제작될 예정이다. 《신비한 동물 사전》은 J.K. 롤링의 첫 번째 영화 시나리오다.

이 책의 디자인에 대하여

이 책은 수상 경력이 있는 디자인 스튜디오 미나리마(MinaLima)가 디자인했다. 미라포라 미나(Miraphora Mina)와 에두아르도 리마(Eduardo Lima)가 설립한 이 스튜디오는《신비한 동물사전》 및 영화 〈해리 포터〉 시리즈 여덟 편의 그래픽 디자인을 담당하기도 했다.

이 책의 표지와 삽화는 이야기에 등장하는 생명체에 기초했으며, 1920년대의 장식적인 스타일에서 영감을 받았다. 일단 손으로 그린 뒤 어도비 일러스트레이터로 디지털화해 완성했다.

옮긴이 강동혁

서울대학교 영어영문학과와 사회학과를 졸업하고 동 대학원에서 영문학 석사 학위를 받았다. 옮긴 책으로《우리가 묻어버린 것들》《일곱 건의 살인에 대한 간략한 역사 1, 2》《혐오에서 인류애로》등이 있다. 주로 판타지, 미스터리 소설을 번역하며, 언젠가 본인의 작품을 쓰게 될 날을 준비하고 있다.

신비한 동물사전 원작 시나리오

초판 1쇄 발행 2017년 7월 24일
초판 4쇄 발행 2024년 1월 5일

지은이 | J.K. 롤링
옮긴이 | 강동혁
발행인 | 강봉자 · 김은경

펴낸곳 | (주)문학수첩
주소 | 경기도 파주시 회동길 503-1(문발동 633-4) 출판문화단지
전화 | 031-955-9088(대표번호), 9530(편집부)
팩스 | 031-955-9066
등록 | 1991년 11월 27일 제16-482호

홈페이지 | www.moonhak.co.kr
블로그 | blog.naver.com/moonhak91
이메일 | moonhak@moonhak.co.kr

ISBN 978-89-8392-656-2 03840

「이 도서의 국립중앙도서관 출판예정도서목록(CIP)은 서지정보유통지원시스템 홈페이지(http://seoji.nl.go.kr)와 국가자료공동목록시스템(http://www.nl.go.kr/kolisnet)에서 이용하실 수 있습니다.(CIP제어번호: CIP2017015234)」

* 파본은 구매처에서 바꾸어 드립니다.